雪线上的奔布拉

གངས་རིའི་འདབས་ཀྱི་དཔོན་པོ་བཟང་པོ།

我给孔繁森当翻译

阿旺曲尼 著

山东教育出版社 · 济南
西藏人民出版社 · 拉萨

图书在版编目（CIP）数据

雪线上的奔布拉：我给孔繁森当翻译 / 阿旺曲尼著. — 济南：山东教育出版社；拉萨：西藏人民出版社，2024. 5

ISBN 978-7-5701-0651-6

Ⅰ. ①雪… Ⅱ. ①阿… Ⅲ. ①报告文学－中国－当代 Ⅳ. ①I25

中国国家版本馆CIP数据核字（2024）第064912号

XUEXIAN SHANG DE BENBULA

雪线上的奔布拉　　阿旺曲尼　著

主管单位：山东出版传媒股份有限公司
出版发行：山东教育出版社　西藏人民出版社
地址：济南市市中区二环南路2066号4区1号（250003）
西藏自治区拉萨市城关区林廓北路20号（850000）
电话：（0531）82092660　（0891）6826116
网址：www.sjs.com.cn
印　刷：济南鲁艺彩印有限公司
版　次：2024年5月第1版
印　次：2024年5月第1次印刷
开　本：710毫米×1000毫米　1/16
印　张：15.75
字　数：180千
定　价：78.00元

目录

第一章　初识·那灼人的眼神

2／ 组织部部长对我说："你是岗巴有学问的人，组织上决定让你给新来的孔繁森副书记当翻译、秘书兼警卫。"

10／ 他一口一口地吃着清水拌糌粑，脸上挂着青一块、紫一块的伤痕，因缺氧而青紫的嘴唇一张一合……

21／ 孔书记，酥油灯一拨就亮，你来了，村子就会亮堂起来了！

第二章　相约·一潭清水万层波

32／ 这个叫努穷的青年唱起了一首古老的歌："水要再不舀，河就干了；花要再不摘，春就走了；歌要再不唱，人就老了……"

40／ 孔书记说，上级这要求那要求，和老百姓的要求是一个“要求”。

47／ 孔书记悄悄塞给我 50 块钱说：“到村里买只羊，再买桶青稞酒，晚上开个大坝‘封顶’庆祝会，该让小伙子们放松一下了。”

53／ 歌声、掌声、笑声、叫声中孔书记对我说：“琴声解忧，歌声解闷，鼓劲儿的话解乏，你说对不对？”

59／ 我见崖下筐里的石头上有星星点点的血迹，有些纳闷。再看，地上也有。抬眼看，孔书记的背上正冒着血。

第三章　相融·绿叶对根的情意

70／ 孔书记的那些“巧话”，是从哪里来的呢？

74／ “不说笑，不直腰，让汗珠子地上掉”才是门道，边割边说笑，肚子里那股气就跑了……

78／ 那句藏族谚语说得多好，“聪明人用成果说话，傻瓜才用舌头吹牛”。

86／ 孔书记把孩子平放到床板上，先用手捏着孩子的鼻子，然后用自己的嘴包着孩子的嘴，用力吸着，将痰液吸出，一口、两口、三口……

93/ 忽然发现孔书记不见了，我急忙在屋里屋外找，正要问值勤的岗哨，发现岗哨竟是他，他笔挺地站立着，目视前方……

第四章 唤醒·打开高原上的“噶乌”

102/ 孔书记一听藏戏眼睛一亮：“好，我们当这个媒人，这就去保大媒。”

111/ 换一种眼光看岗巴的宝贝。

119/ 想到了，就赶快做，不做就永远做不成。

第五章 呵护·高原需要高境界的人

128/ 请你转告孔书记，那天给他送礼，是我误解了他，我真诚地向他道歉，请求他原谅我！

135/ 工作没有滋味，滋味全靠咂摸，越咂摸越有滋味。

140/ 人才是知识的载体，开启富裕的大门，离不开人才“钥匙”。

第六章　情浓·他把老百姓捧在心上

146/ 孔书记叮嘱我，到村里不要叫他的职务，要叫曼巴（医生）。

155/ 没了村集体经济，就像灶膛里没了柴火，这一大锅水还能烧得开？

162/ “老人家，你说错了，世上没有父母官，农牧民才是我们的衣食父母，没有你们的衣食，什么官也当不了！”

第七章　回藏·还是那个透明的他

172/ 这是孔书记给出的一道“岗姆冲”试题，看我能不能解开。

182/ 那一刻我有学生见到老师的感觉，心里存了千万句的话，却不知说哪一句好。

191/ 每当看到藏族的老人，就会想到自己的父母；每当看到藏族的孩子，就仿佛见到自己的儿女。

第八章　相知·温暖的身影暖着我

200/ 在大街上，看着吉普车开过去，感觉孔书记就坐在车里面。明知道不是他的车，我却一直盯着那车直到它消失在视野里。

207/ 我是孔书记的第一个藏语翻译，你是他的最后一个藏语翻译。咱们跟他有厚缘……

第九章 念想·有人记得，他就永远活着

218/ 我穿着那件和当年孔书记一样的灰色中山装，给岗巴学校里的孩子们讲，给日喀则中、小学的孩子们讲。

228/ 在村道上，我低头寻找，寻找孔书记当年的脚印，哪怕有一个是他的脚印，我都想趴下去亲一口。

236/ 编后记

གམ་པ་རྫོང་གི་ཆ་སྙོམས་ས་བབ་མཐོ་ཚད་སྨི་4700ཟིན་པས། སྐྱེ་བོ་ཀུན་གྱིས་ཚེ་སྲོག་གི་འགག་སྒོར་གྲགས།

གཟི་བརྗིད་ནི་རྣམ་ཀུན་གྱི་བྱ་བ་ལས་འབྱུང་ལ། དཀའ་ངལ་ནི་ཡུན་རིང་གི་ལོ་ཟླ་ལས་མཆེད།

ཁྱུང་རྣན་སེན་སྙིང་སྟོབས་ཀྱི་ཤུགས་རྐྱེན་དང་སྐྱུལ་སྐྱོང་འོག ངག་དབང་ཆོས་ཉིད་ཀྱིས་མཚོན་པའི་སྐབས་མི་གཅིག་པའི་རྒྱ་བོད་ལས་བྱེད་པ་དག་གིས་དཀའ་བ་དང་བླངས་ཀྱིས་གམ་པ་གསར་པའི་འཛུགས་སྐྲུན་ལ་གཞོལ།

第一章

初识 / 那灼人的眼神

要让人信服就得有理由，

这个理由就是干出实事，让老百姓受益。

没干出事来前，咱们就得当这个“傻瓜”。

1

组织部部长对我说：“你是岗巴有学问的人，组织上决定让你给新来的孔繁森副书记当翻译、秘书兼警卫。”

我，阿旺曲尼，1952 年生在西藏拉萨市堆龙德庆县东嘎乡一个世袭农奴家庭。我自幼丧母，记不清阿妈长得什么模样，这是我心里的伤疤。说起来，我的经历很简单，我是西藏百万农奴中的一个小农奴，寺庙还俗的一个小和尚。是共产党把我拉出了苦海，改变了我当牛做马的命运，让我尝到了站起来的滋味。幸运的是，我走进了梦寐以求的大学校园——西藏民族学院，学习语言翻译，开阔了眼界，增长了见识，成了岗巴县的一名国家干部。

机缘巧合，我当上了孔繁森的藏语翻译。那年他 35 岁，我 27 岁，我们在海拔 4700 多米的高海拔、低气压、高严寒地区一起度过了两年多的难忘时光。

往事仿佛就在昨天，清晰得像起伏的山峦，像天上的云彩。

就从1979年初夏的这一天说起吧，准确地说，是1979年5月8日上午9点半。

初夏的岗巴，天还很凉，我小跑着过来，浑身却燥热了。从刺眼的日光

孔繁森刚到岗巴时，随身带着枪和他常阅读的书籍。岗巴处在边境线上，那时还存在着潜在的敌情

下，我一步迈进日喀则地区岗巴县委办公室。所谓的办公室，其实就是很简陋的几间小平房。一进屋子，突然就什么也看不清了，顿了一顿，我见到一个人高马大的汉族汉子，穿着浅灰色中山装，胸前口袋里插着的钢笔笔帽很显眼。那人宽额、国字脸、鼻正口方，极富磁性的声音不高不低，他说："你是阿旺曲尼吧，以后咱们就是搭档了。"

说着，他一把握住了我的手。他的手很大，手掌上有疙疙瘩瘩的茧子。当时我还想，这就是从山东来的县委副书记吗？手怎么像我们牧民的一样粗糙呢？

之后的日子里，我仔细看过这双大手，手指略粗，指根有一层又黄又硬的茧皮，指甲盖儿又厚又硬，手脖子、手背上的骨节突出。这双手，能搬石挥鞭扒雪窝，能捏针缝补衣裳，能为牧民们把脉诊病，能握笔写文章……

几天前，岗巴县委组织部部长把我叫到他的办公室说："你是岗巴有学问的人，组织上决定让你给新来的孔繁森副书记[①]当翻译、秘书兼警卫。”

我脑子里“轰”的一声，给个大“奔布拉”服务，责任大啊，干不好咋办？捅了娄子咋办？

部长又说：“你是大学生，懂藏汉双语，会写文稿还勤快，这个岗位，你肯定行。”

1978 年从西藏民族学院语文系毕业以后，我被分配到岗巴县门德区当文书已有一段时间了，但突然让我干这么大个事儿还真没思想准备。组织上既然安排了，就听组织的，但心里还是七上八下的没有底儿。

低头想了又想，最后我跟部长说：“干干试试吧。”

今天看到了他这人，摸着了他的手，心一下子平静下来。

科学家认定，海拔 4500 米是“生命禁区线”，超过这条线人类将难以定居。但是，在平均海拔 4700 米以上的岗巴，1500 年前，藏族的先辈们就在这里繁衍生息；700 年前，帕竹政权在此建岗巴宗。1960 年岗巴宗被撤销，并入定结县；1962 年 2 月，才有了岗巴县。那年我 10 岁，瘦得像个麻秆，脱了袈裟，不当小和尚了，在生产队放羊。

土生土长的岗巴人可能对这个“生命禁区”习以为常，但从低海拔地区来的人会受不了，头痛、失眠、疲倦、流鼻血、呼吸困难，有的还会引发高原肺水肿、高原脑水肿。尽管孔书记有军人的“底子”，但我看到，他仍然嘴唇发紫，走路气喘，时不时皱着眉头按自己的太阳穴。

---

① 1979 年 7 月 1 日，第五届全国人民代表大会第二次会议通过修改《中华人民共和国宪法》若干规定的议案，将各地革命委员会改组为地方各级人民政府。在此之前，孔繁森援藏时任日喀则地区岗巴县革委会副主任，1980 年后任日喀则地区岗巴县委副书记。为阅读方便，本书统一称其为“书记”。

1980 年孔繁森在岗巴县委、县政府大院门前

当天晚上，我陪他从办公室拿着一沓文件往宿舍走，他气喘吁吁："这高反（高原反应）弄得我像得了气管炎，肚子胀，头疼，脚下像踩着棉花。"

那时的县委、县政府大院在岗巴雪村村头的一个大院里，有十几间房子、几十个人和几匹马。孔书记的宿舍是大院后面的一间土坯房，一桌一床，外加一个取暖烧水的柴炉。门外，是一棵两米高的杨树。在岗巴，杨树的成活率极低，一般能长到这么高要十年以上，像这么高大的杨树在县城里也仅有一棵。

我点上炉火，倒了一杯水放在他桌上，说："孔书记，请喝水。"

他说昨天夜里睡不着，躺在床上，瞪着两眼，看着屋顶，明明已经困得头疼，可是偏偏睡不着，越想睡越睡不着，失眠了，干脆不睡了，起来看材料。

我看到他正在看一份岗巴概况的材料。看着看着，眉宇间聚起了疙瘩。

我又提醒他："孔书记，请注意高反，要多喝水。"

他抬头看着我说："好，谢谢。想给你提个要求，以后咱们是岗巴的战友、同事了，咱俩在一起不用叫孔书记，叫我老孔，也不用'请'字，听起来也舒服。"说着，他把材料递给了我。

这份材料是1979年初统计的：岗巴有人口5000人，农牧民以放牧牛羊、种植青稞为主，靠天吃饭。由于海拔高、热量少、自然灾害频繁以及土质差、土层薄等不利条件，丰歉无常。

我看到下面这一段文字被孔书记用笔画了重重的线：1962年岗巴县建立后，对全县贫困农牧民实施社会救济，保障其基本生活。在救济方法上采取群众评议、乡政府定案报区政府批准的方法，主要救济老、弱、孤、寡等户。1962年，救济26户36人，发放救济粮758公斤、砖茶14块。1963年，救济22户31人，发放救济粮658公斤、砖茶10块。1978年，县革命委员会拨款1.1万元，购买藏被30床，解决部分社员生活上的困难。1979年，救济贫困户101户526人。

西藏民主改革前的岗巴县城全景

最后一句的末尾，他加了三个问号、三个感叹号，写了一句话：“全县受救济人数占十分之一以上。”

我抬眼看着他说，领到救济的526人，领不到救济但也吃不饱饭的要上千人，能占全县五分之一吧。

他听后长叹口气：“阿旺，咱到农牧民家里走走吧，先摸摸情况再说……”他说这话时语速快，攥紧的拳头，松开，再攥紧，身子有些发抖。

我说：“进村入户，哪儿那么简单？县里没有车，只有几匹马，近的步行，远的得骑马。”

他让我明天教他骑马。我说：“骑马？不行不行，你目前还有高反，适应一段时间也不迟，骑马可不是件容易事儿。”他说他当过兵，啥都能扛过去。

我试探着问：“孔书记，你咋会来岗巴？”他蹲在柴炉前，往炉膛里添了几根柴，看着红亮亮的炉火说：“阿旺，又来了，叫我老孔。”

断断续续地，孔书记给我讲了他的身世。他排行老三，前面有两个哥哥，父母是农民，朴实厚道。他家里穷，两个哥哥都没上过学，后来父亲咬咬牙，送他去上了学。17岁时他到济南当了兵，在班里第一个入党，服役8年连续6年被评为“五好战士”，获得特等射手称号。1964年，他被评为济南军区学习毛主席著作积极分子，同年10月到北京参加了国庆观礼。从部队复员当了3年工人，因为文字材料写得好，被抽调到聊城地委搞宣传，当了地革委宣传部副部长后，国家要抽调一批干部到西藏工作，他主动报了名。

他还告诉了我一件进藏途中的意外。

他和15名聊城籍援藏干部踏上西行的列车。后来又乘客车，车到唐古拉山口以东的五道梁时，在荒无人烟的半山腰抛了锚。所有人突然之间都产生了强烈的高原反应，在低于−20℃的严寒中，一位同行的援藏干部瘫软在雪地上昏了过去，生命堪忧。尽管孔书记也高反，但他当过兵，受过严格的应急训练，再说了，他觉得自己还是党的干部，就应该冲在前面。于是，他强忍不适背起这位干部，艰难地向一公里外的兵站一步步挪去。到了兵站，他又陪这位干部输氧、输液。

他是作为日喀则地委宣传部副部长选调的，报到后，日喀则地委一位领导听到他救人的故事，很受感动，专门找孔繁森谈话，说目前岗巴县缺一个县委副书记，征求孔繁森意见，是否愿意去岗巴。孔繁森说一切听从指挥。那位领导又问他，岗巴可海拔 4700 米以上，气候恶劣，自然条件极差，是有名的穷县，你不怕？他回答："既然来了，有啥可怕的？！服从组织分配。"

他说，领导找他谈话那天他刚理过发，显得意气风发。日喀则地委最后研究决定，让他来到岗巴。

我问他，到这么远的地方想不想家？

他说，当然想家。他最放心不下的是年近八旬的老娘，体弱多病的妻子，还有三个孩子，孩子最大的 7 岁，最小的只有 3 岁。临行前，他悄悄来到老母亲面前说："娘，儿要出远门了，到很远很远的地方去。"娘说："咱是公家的人，公家有事让咱去，咱就去！"

出发那天，他跪下给老娘磕了一个头，逃也似的夺门而出……

讲到这里，我看到他眼里含了泪。

我静静地看着炉膛里的火。火苗在炉中窜来窜去，一团团，一簇簇。

过一会儿，他突然问我："阿旺，你说，这里的农牧民渴望的好日子该是什么样儿？"

我想了一下，说："是牛羊成群，不愁吃喝，娶妻生子，还有，唱着歌骑马奔驰。"我随口唱起了《翻身农奴把歌唱》。

他说："歌里唱的就是农牧民们渴望的好日子，好光景。真好，真好！共产党能领着农奴翻身，就能领着牧民致富！"

我盯着他的眼神，一跟那眼神对视，就忘不了。那眼神像火炭，发烫。

我听县委负责接待的人说，那天接援藏干部，县里派了一辆吉普，一辆大解放。这些干部中孔书记是职位最高的，他却安排年龄比他大、高反比他重的同志上了吉普车和大解放的驾驶室，自己则爬到敞篷车厢里。当时没有柏油路，到了岗巴，孔书记已经被风沙吹得看不清模样了。

哦，原来他是这样的一个人！我对这个“老孔”有了那么一点点亲近感，但心里还是有点儿隔阂。他大老远从山东来这儿，图个啥呢？云再高也在太阳底下，月光再亮也晒不干牛粪。我得看实的，看真的。

他说，工作上咱是上下级，平时就是朋友、兄弟。可我想，上下级怎么能变成朋友、兄弟呢？不可能的事儿啊。再说，交朋友也不是说说就行的，买马要看口齿，交朋友要先摸摸心底。要知雪山高低，就得爬上去；要知朋友心地，就得长期相处。

我自言自语，孔书记，不，“老……孔”！不！还是叫“孔书记”！不不，要是朋友就叫“老孔”。

“老……孔！”

2

他一口一口地吃着清水拌糌粑，脸上挂着青一块、紫一块的伤痕，因缺氧而青紫的嘴唇一张一合……

夜里没睡好，岗巴风大，我听了一夜的风声，其实不是风声，是孔书记这个汉族人的眼神让我睡不着了。那眼神是听了贫困的牧民生活后流露出来的，那眼神是急切，是焦灼，熬红的眼睛像烧红了的烙铁，一烙铁一烙铁，烧得我心疼。一个汉族人，对藏族人这么上心……后来我迷迷糊糊地睡去，等醒来时天已放亮，孔书记已经起来打扫院子。他跟我说，这是他当兵时的习惯，早睡早起，起来就抓紧整理内务。

我赶紧去马厩牵来一匹枣红马，我答应过要教孔书记骑马。

我先告诉他骑马要领，他一点就透。可是毕竟没骑过马，他刚一骑上去，那匹马嘶叫着旋转起来。我高喊着："骑稳，孔书记！"他松松马缰，那马立即发疯般又踢又跳。顾上这顾不上那，急得他满头大汗，也紧张得我心悬在嗓子眼儿。没想到午饭时，他已经学会拨弄马鞭，骑马忽左忽右地顺路小跑了，下午就能骑着马到附近的村里转了。不巧，在一个转弯处遇见一群羊，牧羊人鞭子一响，马惊了一下，随即前蹄高扬，“咴咴”直叫。他重重摔下马来，半边脸上擦出了血。我一急，拿起马鞭照马抽打起来。

他爬起来，一把拉住我的手说：“不能怪它，是我骑人家，它可能是累了饿了想吃饭了。牵回去喂马，加点儿料，咱们明天出发去昌龙公社。”

我看他用手轻轻地抚摸着马脸，马儿长嘶一声，忽闪着一双明亮的大眼，抖鬃扬尾，像是听懂了他的话。我又看到了他那火炭般的眼神。

第二天早上，我们骑马去昌龙。看他翻身上马时吃力的样子，还有他那蜡黄疲惫的脸，心里不忍，劝他再歇两天。他说：“再歇两天也是这样，高反根本算不了什么，它反它的，我干我的。”

我说：“你还不知道厉害。听说，有个内地干部，前几天进藏，感冒引起了肺水肿，还没到医院，就没了气。”

他说：“我命硬，没那么娇贵。”

我们的“行头”是，一人一个背包，背包里是铺盖、几件衣服和糌粑，他的背包里还多了一个柳木菜墩。另外，一人有一个黄帆布的挎包，里面是水壶、手电、笔记本、火柴。他的笔记本是红色塑料皮的，32 开，挺厚，太阳一照，折射着暖暖的红光。他还有一个深褐色的药箱，正中有一个红色的“十”字，肩上的黄挎包背带与药箱的背带在胸前交叉，像极了部队行军途中的一名卫生员。

他腰间还别着一把五四手枪，我肩上背着一支半自动步枪。岗巴在边境线上，那时还有敌情。

骑在马上，大好风景扑面而来。岗巴在喜马拉雅山脉北麓，有“天边岗巴”之称。从岗巴往西南看，喜马拉雅山山体呈巨型金字塔状，珠穆朗玛峰拔地通天，气势磅礴。岗巴的正南面是确姆约钦和康钦甲布雪山，所以岗巴在藏语里意为“雪山附近的村庄”。

美景是美景，但这里大多数牧民还在为温饱发愁呢。

糌粑是岗巴人的主食，将青稞洗净、晾干、炒熟后磨成面粉，食用时加入酥油茶、奶渣等，用手捏成团吃。可青稞是种出来的，吃饭，要看老天的脸色，老天一变脸，可能就颗粒无收。对岗巴人而言，糌粑不是在手里握着，而是眼前飘着、晃着，逮着就吃，逮不着就饿着……

岗巴长冬无夏，春秋相连，人们在稀薄的空气和寒冷的气温里生活着，就像进行一场永无止境的战斗。岗巴在大天大山之下，像一个历经苦难、想长也长不高个子的孩子，它哭着、闹着，寻找着心中的菩萨。

岗巴的“地画”是一个个博巴（藏族人的自称）的脸，深深的皱纹里流淌汗水和泪水。挥掉泪水，祈圣灵五体投地；挥掉泪水，让歌声响彻云霄。让日子一天天好起来，好起来吧——扎西德勒。

从古至今，藏族人千万遍地说着、喊着、祈祷着——扎西德勒！扎西德勒！扎西德勒！声音那么坚定而又执着。幸福是人类永恒的追求，没有之一。

从岗巴县城到昌龙60里，山路时陡时缓，曲里拐弯，走过这架山再翻那道梁。日头偏西，来到一条河边。我说，咱下马在河边歇会儿，再走十几里就到昌龙了。他下了马吃力地岔开两腿走，我知道这是刚学会骑马把大腿根磨肿了，就搬块石头让他坐下。

虽是五月，河边还有冰碴子。河是雪山的融水，清清亮亮。孔书记用手捧水喝了一口，抹一把嘴，连说好水、好喝，随即从背包里拿出糌粑倒在铝饭盒里，从河里撩点儿水用筷子搅拌着。我说："我们藏族人不用筷子，用手指头捏糌粑。"他说："入乡随俗，捏。"没有热酥油茶糌粑捏不拢，他就使劲地捏，捏来捏去还是散，末了干脆把糌粑渣倒在手心里，一下子捂到嘴里。

岗巴县城至昌龙的路上，结着冰碴子的河水 （杨国莹 摄）

孔书记嚼着，又问藏族人还有什么讲究？我说讲究多了，如果有人敬你青稞酒，你不能端起碗就喝，要用右手的无名指轻轻蘸着弹三下，一敬天，二敬地，三敬对方，然后才能喝；献哈达表示对客人的欢迎和尊重；进门时不可以踩门槛；到藏族人家入座可盘腿而坐，不可将脚伸直，脚底向人，等等。

他再问，这里农牧民的穿戴有什么说法？我说，岗巴的男人穿带袖的氆氇呢藏袍，戴传统的金丝帽，有的还腰佩藏刀，夏天戴毡帽，冬天戴皮帽。头发用彩丝线配在一起编成长辫盘在头顶，腰系红毛线编成的长腰带，耳朵上戴耳环。妇女穿无袖氆氇呢藏袍，头发用红、绿等颜色的丝线配在一起编成长辫盘在头顶……

没想到，孔书记竟然拿出那个红皮笔记本，认真地记着。

他一口一口地吃着清水拌糌粑，脸上挂着青一块、紫一块的伤痕，因缺氧而青紫的嘴唇一张一合……如果不是亲眼所见，我真的不相信，这是一个山东来的大奔布拉。

骑马再行几十里，山路颠得屁股疼，颠得他直咧嘴。眼前是一个宽阔的牧场，一大群羊正在吃草，一只棕红色的藏獒看到我们发出低沉而洪亮的叫声，一位白须飘胸的老人骑在马上喝住了它。

我下马向老人双手合十，用藏语与他交流，得知他是普村人，叫巴旺，已经 80 多岁了。他放了一辈子羊。今年天旱，牧场里的草长得不好，再过些日子他要赶着羊群进山放牧。

孔书记让我问他这里农牧民的生活情况。巴旺老人说，村里 100 多口人，600 多亩地，青稞收成看天，年年都不够吃，每年藏历年村里人才能吃上队里杀羊分的一点儿羊肉。家里劳力少、孩子多的就更苦了，饿肚子，没衣穿。

我翻译给孔书记，他在笔记本上记。

老人问我们是来巡逻的（我背上有枪）还是来看景的？我说是和山东来的

援藏干部一块在昌龙蹲点。他又问，什么是援藏？什么是蹲点？我说，援藏就是支援西藏，蹲点就是来昌龙工作。

老人听后仔细打量着我们哈哈大笑起来，白胡子翘得老高。

孔书记问他为什么笑，我翻译给巴旺老人。

老人说，他以为援藏和蹲点是带来了多少头牛，多少只羊，多少钱财。你们来两个人能管什么用？一个细皮嫩肉，一个瘦得像干树枝，一场风暴就把你们刮回去了。

我翻译给孔书记听，他先是皱皱眉头，接着又面带笑容向老人双手合十说："老人家，我们没带什么钱财，我们来就是和藏族同胞商量着干事的。"

老人轻蔑地一笑："'聪明人用成果说话，傻瓜才用舌头吹牛'，这是我们藏族人的谚语，你们琢磨去吧。"

"我们不是吹牛！老人家。"

"我见的人、经的事儿多了去了。走吧，走吧。别费嘴了。"

"老人家……"

老人家使劲甩一下手中的鞭子，"唉——"地长叹了一声。

走出牧场，孔书记表情尴尬，他低着头想了半天，忽然回头像是自言自语，又像是对我说："要让人信服就得有理由，这个理由就是干出实事，让老百姓受益。干出事之前，咱们就得当这个'傻瓜'。"

天近傍晚，我们走进了公社大院。最先见到的是昌龙公社党支部书记格热。他身材魁梧，说起话来声如洪钟。他道一声贡卡姆桑（你好），笑呵呵地把一条有些泛黄的哈达戴在孔书记脖子上，双手合十，嘴里连说着扎西德勒。格热从当地驻军那里学过汉语，我这个翻译成了听众。

孔书记打开笔记本，让格热介绍每个村的情况。格热把乃村、林嘎村、纳加村、普村、雪布让村、铁布公村、亚欧村的人口、耕地面积、牲畜存栏情况说了个遍。

改革开放后的村庄

当提及农牧民的生活状况时，格热低下了头。

昌龙距喜马拉雅山更近一些，藏语的意思为“冷沟”，其实，这个“沟”是相对喜马拉雅山而言，这里海拔最高 5788 米，是“生命禁区的禁区”，主要山脉有拉穷抗日、曲登尼玛、孜拉岗日、朗木珠等，寒冷干燥，雨水稀少。全公社半农半牧，因这里土地含沙量高、保水保肥能力差，世世代代缺水的昌龙，最害怕的是干旱，轻则减产，重则绝产，许多农牧民连肚子都填不饱。有的人家实在饿极了，竟然宰杀了肚子里还有未出生羊羔的母羊……

“我是支书，我没干好，没能让大家吃饱穿暖，罪过！罪过！”

“格热书记，好日子不是一个人带来的，咱们一起想法子。”

西藏人性格豁达开朗，格热听后弯腰伸了伸舌头，破涕大笑：“这下我心里踏实多了。”

我怕孔书记不明白，告诉他，这个弯腰伸舌，表示对你的尊敬和崇拜。孔书记也笑着拱手说，要让所有的村干部心里都亮堂起来，咱们当干部的要天天想着怎么让群众过得好，要向群众伸舌头。

那天，在村办公室里，我们一直聊到夜里 10 点多钟。

突然，格热一拍大腿：“走，到我家吃饭去。”

不由分说，一手拉着一个，一路上不撒手。

昌龙公社驻地是乃村，格热是乃村人，出了公社大院不远就是他家。进家门时，孔书记的头被门框撞了一下。格热说，藏族人家的入户门大部分都低矮，一来可以防风沙入侵，二来家家都有一间人神共居的经堂，或是一个佛龛，再穷的人家也有一张佛像唐卡。我们作为凡人每日出出进进，弯腰低首表示对菩萨的敬畏。另外，还可以拒鬼魅进屋，传说中妖魔鬼怪在夜间走路是横冲直撞的，且不会弯腰与拐弯，这样的门户可起到保家人平安的作用。

2000 年的安居新房

格热家的陈设简单，一张桌子几个柜，几个小凳，墙上贴着毛主席像，旁边还有一张佛像唐卡。桌上摆了牛肉干、奶渣和干果。藏族人待客热情是出了名的，无论穷富，都要拿出最好的吃食招待客人，格热显然是把我们当成最尊贵的客人。

格热有四个孩子，两男两女，大的十四五岁，小的有六七岁。见我们来了，孩子们缩到了墙角，怯生生地看着我们。

格热的妻子拉吉倒上热腾腾的酥油茶，双手端给我们，淡黄色的酥油茶奶香四溢。孔书记则端着酥油茶走向墙角的孩子，格热拉住他说："孩子们喝过了。"回头给孩子们使了一个眼神儿："到羊圈去玩吧。"

格热又把青稞酒倒入碗里，自己先端起来，用右手的无名指"一蘸三弹"后说："'如果心是近的，再遥远的路也是短的'，宫珠得勒(晚上好)，敬孔书记。"孔书记也学着格热的样子"一蘸三弹"，然后喝了一口："祝愿好日子早些到来，扎西德勒。"

用炒面、酥油茶、奶渣和糖捏出的糌粑入口软嫩，又香又甜。孔书记连连说好，这是最好吃的西藏味道。接着，我们由糌粑的原料炒面、奶渣，聊到了农牧业生产，由农牧业又聊到农牧民的生活，直到午夜时分。

藏族家庭一般在屋内沿墙摆上矮矮的木床，能坐能躺能睡，床覆盖着卡垫（小型藏毯）。我们被让到里屋的矮床上睡，格热夫妇在外间打了地铺。孔书记不同意，格热拉着妻子往地铺上一躺，被子蒙头装打呼噜。我们无奈。正要睡，孔书记忽然想起什么，急问我，四个孩子哪里去了。我心里咯噔一下，刚来时格热让孩子们去羊圈玩，不会是让他们在那里睡吧？

我们急急出门，来到院外的羊圈。我打开手电，见几十只羊卧在地上安睡，一只羊的肚子底下露出了孩子的脚。我翻墙进圈，见四个孩子有的抱着羊腿，有的贴着羊肚子酣睡。生人进圈，羊乱叫乱跑，羊蹄子把格热扎着辫子的小女儿踩得大哭起来。

孔书记脸色大变："胡闹，这个格热！"

格热夫妇也来了。格热哈哈一笑："不要紧，孩子们火力大，羊圈也暖和。"

孔书记绷着脸道："你真糊涂呀。如果让他们睡羊圈，我俩就到大街上去睡，再不登你家门。"

那晚，格热的四个孩子睡在了里屋的矮床上，我和孔书记在床边地上铺了草垫睡。睡前，他倒了半盆水，又从挎包里拿出条新毛巾浸了水，给孩子们擦了脸又擦了手，擦了小的再擦大的，边擦边问冷不冷，俨然像个慈父安慰受了委屈的孩子。

擦着，问着，我看他眼圈红了。

我迷迷糊糊睡了一觉醒来，孔书记还是翻来覆去睡不着，我以为是高反，让他闭目深呼吸。

孔繁森、孩子们和羊群

他说："阿旺啊，想起刚才的事我睡不着呀。"

"在西藏这是常事，你是最尊贵的客人，理应受到这个待遇。"

"我不是客人啊。"

我心里嘟囔，您不是客人是什么，还不是过个一年半载，拍拍屁股走人？我们的日子还不是该咋过就咋过。我不能把心窝子里的话全都掏出来，毕竟，人家是大领导啊。于是，我顺着他说，不是客人，那就是一家人，可你是远道而来的呀。

孔书记说："我来西藏前，搜罗了各种信息，还走访了几个'老西藏'，他们跟我说了不少。我知道西藏跟内地比有差距，但没想到差距会这么大。"

时间过去了 30 多年，站在孔书记工作过的街道上，我常常发呆。仿佛在梦中，我们现在的生活已经今非昔比，吃穿不愁，看病不愁，孩子上学不愁，牧民的腰包也鼓了。好多家庭都有了小汽车。更让人惊讶的是，我们的人均预期寿命由解放初的 35.5 岁提升到 72.5 岁，这是过去不可想象的。我感触最深的是交通，过去从日喀则到岗巴骑马得走一天，要遇到雪天，那就没准了。现在一踩油门，两个小时就到了。

岗巴县第一条公路——曲岗公路

3/

孔书记，酥油灯一拨就亮，你来了，村子就会亮堂起来了！

一大早，孔书记对格热说，来昌龙要调研一段时间，在公社大院给我们找间闲置房住。格热头摇得像拨浪鼓，就是不答应，说，就住家里，住在家里方便。孔书记脸一沉说，这是纪律，必须执行。格热两手一摊，只好顺从。不一会儿，他找到一间过去放杂物的屋子，麻利地在墙角用石头垒了个简单的炉子，又架起了一张床板，支起了一张小方桌，还从家里搬来一筐牛粪饼。

不足一个小时，我们的新宿舍就弄好了。

孔书记连夸格热手巧。格热不好意思，说："慢待了，你们是来帮我们的，我们没拿你们当客人，罪过，罪过！"

孔书记说："不当客人，还把孩子赶到羊圈里？"

格热脸露羞色，双手合十，不让孔书记再说下去。

孔书记从兜里掏出 4 张 5 元的钱币，放到格热手里："给每个孩子买个本子和笔，让他们长大了像阿旺一样，当个有学问的人。”

我听了脸发烫，他可真会说话，我哪算个有学问的人啊。

格热连连推脱：“这哪行，不可以！”

让来让去，格热还是不收。孔书记说：“我一个人在这里，用不着钱，你给我个面子。”话说到这份儿上，格热才勉强收下。

我觉得这是孔书记有意补偿昨晚在格热家的餐费，但多了些。我记得，当时他的工资是一个月 114.05 元，包括基本工资 63 元、地区生活补贴 22.05 元、生活补贴 18 元、物价补贴 11 元。他每月还要寄回老家 60 元补贴家用，这 20 元钱相当于他半个月的生活费。

我挑了几块晒干了的牛粪饼点着，把小铝锅架在炉子上烧水。高原上气压低，沸点也低，一般烧 70 多摄氏度水就开了。冲上两碗糌粑糊，给孔书记盛上一碗，见他不喝，我问他是不是不舒服。他没有回答，看着地上黑黄的牛粪：“这是牛粪吗？用牛粪煮饭？”

我说：“是，这里的牛喝雪融水吃青草，牛粪没有味儿，还冒清香哩。”我也盛上一碗糌粑糊，边喝边说，牛粪在藏语中叫久瓦，久瓦可是藏族人的宝贝，不光当燃料，举行婚礼时要放一袋牛粪，寓意生活红红火火；乔迁时新房里也要放一袋牛粪，预示日子吉祥安康；有的藏族人还用牛粪作为房顶装饰，在牛粪砖上再加一层加工过的“搭嘎玛”（又圆又薄的大牛粪饼）。

他端起那碗糌粑糊喝了起来，诙谐地说：“味道好极了。”

按照计划，我们今天要去昌龙西北方向的林嘎村。村子离昌龙 30 余里，骑马快行不足 1 小时，就能看到山边上那个只有几十户人家的村庄。村边有一条河，河边有一群孩子。河里的冰还没有完全消融，几个孩子光着脚在河边疯跑，有的穿着短裤，有的腰上围了块布片，有的干脆光着屁股。他们的脸上有着厚厚的灰垢，还挂着青黄色的鼻涕。

孔书记让我先招呼招呼孩子们，他转身进了村子。

穿着破衣烂衫的孩子们跑来，围着我转，问这问那。

孔书记来了，老远就跟孩子们说："小朋友们，咱们今天搞个比赛好吗？"

孩子们摇头听不懂。我翻译成藏语后，他们一下子围到了孔书记身边。他从兜里掏了一把水果糖问："谁想吃糖？"孩子们举着手连呼带叫，异常兴奋。"谁的手和脸干净了，就可以来领糖吃。"我刚翻译出来，孩子们呼啦啦地跑到了河边，个个认认真真地撅着屁股很卖力地洗着手和脸。

原来，孔书记是去村里的供销社小卖部买糖果了。

有的孩子洗了一下，滴答着水珠跑来问："可不可以领？"孔书记说，还得洗，洗得干干净净才有糖吃。孩子又很听话地跑到河边去洗。

洗干净后，一色"高原红"的孩子们，个个干净可爱，他们开始排着队领糖。孔书记高兴地对我说，要让孩子们养成讲卫生的习惯，这样少生病，也能减轻家里负担。

领到糖的孩子们围在一起，剥开糖纸后舍不得放进嘴里，用舌头一下一下地舔着，脸上挂着开心的笑容。过了一会儿，糖舔没了，他们把糖纸折叠起来，握在手心里。孔书记问他们："你们都上小学了吗？"我翻译出孔书记的话，一个大一些男孩子说，上学的都去了昌龙了，他们这些是给家里放羊的，上不了学。我看到孔书记的眼睛直直地看着他们，竟含了泪。

孔书记又问："你们天天除了放羊还干什么？"男孩说玩"找羊毛球""找牛犊""老虎捉羊""拣石子"。"你们能和我们玩'找羊毛球'吗？谁赢了再分给谁一块糖。"说着男孩把一个黑红色的羊毛小球亮给我们看。孔书记看了我一眼，说："咱们陪孩子们玩玩。"

我告诉他，藏区的孩子都爱玩这种找羊毛球的游戏：游戏角色自定，一般为"我是太阳""我是月亮""我是金星""我是花朵"等，再选出一个年龄稍大的孩子担任裁判。游戏开始时，所有角色闭上眼睛背对裁判，由裁判将一个羊毛球藏在一个隐秘的地方。藏好羊毛球后，裁判就会说："天亮了，太阳出来了！”一声令下，所有角色睁开眼睛，四处寻找羊毛球。其间，裁判故意用真假不定的话进行迷惑，比如“太阳那边有希望了”，“金星越来越近了”，等等。各个角色随着半真半假的话语跑来跑去地找，十分开心。直到有人找到了羊毛球并成功交给裁判，游戏结束，找到的人获胜。

男孩把羊毛球交给孔书记让他当裁判，孩子们站成一排背过身去，让裁判去藏球。孔书记把球和几块糖压在一块石头下，宣布开始。孩子们转过身四处寻找，那个男孩子没费什么劲儿，就拿到了球和糖，高兴得又蹦又跳，其他的孩子追着他要糖吃。

这时，孔书记看到一个小女孩并没有去追，她虽然脸洗得干净，但头发像乱草。他把剩余的几块糖递给她，问她叫什么名字，几岁了，家里几口人，能不能吃上糌粑。小姑娘有些羞涩地说：“我叫拉珍，11 岁，家里 4 口人，平时就吃点儿糌粑糊，糌粑没了就得饿肚子。”

孔书记又问：“你爸爸妈妈待你好吗？”拉珍不言语，低着头盯着自己的脚。良久，她才吞吞吐吐地说：“我不喜欢阿爸，我爷爷有哮喘病还下地，他却天天睡大觉，不干活。”

孔书记说：“我们去看看你的阿爸好吗？”她点了点头。

我从心里佩服他的工作方法，既让孩子们讲了卫生，又了解到他们家的情况，还能“顺藤摸瓜”进村做工作。

来到拉珍家，我们大吃一惊，家里像个羊圈，透过房顶能看到天。拉珍的爸爸叫丹增，还躺在床上睡觉。我用手拍拍丹增，他很不情愿地揉着眼睛。我给他介绍了孔书记。他仍打着哈欠，无精打采。

孔书记说：“今年天旱，社员们都去整地准备种青稞了，你咋还睡大觉呢？”

丹增说肚子疼。

“你不出工挣不了工分，分粮分得少，家里人怎么生活？”

他说：“有口吃的，就饿不死人。”

孔书记站在丹增床前，跟他谈了半天，他说一句，我翻译一句，那真是苦口婆心，语重心长。我记得孔书记用了一句汉语的俗语，“听人劝，吃饱饭”。丹增觉得实在不好意思了，才起身趿拉上鞋。又谈了一会儿，他的表情有些羞愧。末了，他拿起把铁锹，说找队长分配活去。

我们与丹增一起见到了生产队长芒尔仁。芒尔仁脾气暴躁，一见丹增就劈头盖脸训斥了一顿，让他去平地。当知道孔书记是县里来的奔布拉时，芒尔仁有些不好意思地搓着手。

孔书记问他村里的分配制度。芒尔仁说，每天天一亮，就在村口叫全体社员集合，然后分配一天的活，放羊、放牛、牧马，整地、割草、修堰。出工前，记工员登记出勤的人数，点着名记工分，上午记 5 分。吃罢午饭后，社员们还是来村口领活干，下午也是记 5 分。有些人会钻空子，点过名后，有的跑到山坡上晒太阳，有的溜回家睡大觉。后来，他让记工员改成收工时记工分，几个爱钻空子的人改了“溜号子”的毛病，也有的不改、不干，比如丹增，每

20 世纪 90 年代，农牧民种田已普遍实现机械化

个月也就干十来天。生产队年终要按工分和人口决算，丹增出的工少，不光从生产队领不到钱，有时还得往生产队里交钱，一里一外，丹增家的日子要比别人家差不少。

孔书记说："像丹增这样的人，不能光靠工分'卡'，要从思想上给他们扭弯子。"

芒尔仁觉得委屈："常给他讲，但'倔牛不耕地，弹琴也没用'，嘴皮子都磨破了也不管事儿，不好扭。"

"破罐子不能破摔，摔了就没了。他有家，有孩子呀。他平时有什么爱好没有？"

"爱睡觉、骑马，他见了马像见了阿妈，亲得不得了，又是喂又是刷毛。他曾想给生产队里牧马，我不放心，不让他干。"

孔书记想了想说："咱们有法律法规，你还怕他把马牵跑了不成？"

芒尔仁琢磨一下，觉得有理："好吧，'只要功夫深，冰雪也能点着'，试试看看，能不能'点'亮他生锈的脑袋，治住他的懒。"

"你还可以把村里不愿意种地的人组织起来，把村里放羊、放牛、牧马的活交给他们，人尽其才，各有饭吃，多好！"

芒尔仁巴掌一拍："突及其（谢谢），你一指点我的脑瓜子一下子亮了！"

孔书记又问芒尔仁："为什么村里那么多孩子不去上学？"

芒尔仁说："有的家里指望孩子放羊，有的家里没有钱买衣裳和书包，有的觉得小学离家太远。"

孔书记长叹一口气："还是穷闹的，等日子好了，村里要快些办个小学，不能让孩子们当'睁眼瞎'。"

芒尔仁使劲点了点头。

离开时，芒尔仁把我们送过河，双手合十："孔书记，酥油灯一拨就亮，你来了，村子就会亮堂起来了！"

回昌龙的路上，太阳已平西泛红。风大了，寒气涌动；天旱沙土大，直往嘴里灌。

路过乃加村时，见一群人正在地头的空地上争吵。孔书记问我，他们在吵什么？我听了一会儿说，是社员们和队长吵。队长说，马上就要种青稞了，让社员们晚一会儿收工，再整会儿地，别耽误了种。社员们不干，说出工收工看日头，日头发红了，就该收工。队长说，青稞是咱大家的，没有好收成冬天里会挨饿。社员们说，饿了要救济粮，天塌下来众人顶着，还是回家喝碗酥油茶舒服。队长说，谁要走就扣掉下午的工分。社员们急了，围着他指手画脚，还有人骂他。队长挥舞着铁耙在咆哮。

孔书记下马走过去，向那群人打招呼："乡亲们，我是山东来的老孔，想给你们说几句话。"他示意我翻成藏语告诉他们。

我大声翻译两遍，还特意加了孔书记是县里来的领导。

他们听清楚了，也看到了我斜挎在肩上的枪，静了下来。

孔书记直接走到人群里，把队长手里的铁耙拿下来放到地上："你是队长，是干部，干部怎么能向群众挥铁耙呢？"

接着，孔书记微笑着对大家说："我老孔过去也是种地的庄稼人，知道种地的苦和累。我们那里种地瓜、玉米、花生、小麦，家家户户一年到头起早贪黑在地里忙活，什么苦呀累呀流汗呀，都不算啥，为的什么呢？为的是秋天里庄稼丰收，队里分的粮多，全家有饭吃。家有存粮，心里不慌，粮食是人的命，没了粮就没了命。"

一个小伙子说："没有粮，可以吃牛羊肉，喝酥油茶。"

孔书记仍笑着对他说："你们全村有多少只牛羊，吃光了去喝西北风？总不能到天上捉鸟，到地里挖土拨鼠吃吧？谁都有父母、孩子和姊妹，让他们挨饿是青壮年的罪过。"见小伙子有些尴尬地低下头，孔书记提高嗓音："咱们不光吃牛羊肉，也要吃青稞。糌粑好吃青稞做，‘人间有了青稞粮，日子过得真甜美；一日三餐不愁吃，顿顿还有青稞酒；人人感谢云雀鸟，万众珍爱青稞粒’。这是咱藏族的歌谣吧？唱得多好呀！”

社员们放松下来，气氛活跃了，有的人还哼唱起这支歌谣。

孔书记又说：“山东人讲究，‘人亏地一时，地亏人一年’‘人哄地皮，地哄肚皮’，咱们得把地弄好了。队长说得对，青稞没有好收成，冬天里会挨饿，如果到秋天咱们的青稞大丰收了，家家户户举碗喝着青稞酒，吃了糌粑跳起舞，你说幸福不幸福！”

我一边翻译，一边被孔书记真诚、质朴而又风趣的话所感动。

这时我看到，有几个社员开始拿铁耙往田里走，不一会儿，大家呼啦啦奔到了田里开始耙地。

回昌龙的路上，我们骑着马并排而行，孔书记并没有为破解了这次争吵而高兴，他望着远方一言不发，任凭马儿慢慢地走，我猜不透他的心思。

太阳落山，星星爬上了天幕。

孔书记突然侧脸问我，世界上最珍贵的东西是什么？我回答了一串，亲情、友情、爱情，金子、银子、钻石。他摇摇头说，你说的这些是珍贵的，但支撑这些“珍贵”的是土地。你看啊，新中国成立后，我们国家引导农民走合作化道路，建立农业生产互助组，实行劳动互助；建立农业合作社，都是在土地上做文章。

他话锋一转又说，你知道安徽省凤阳县有一个小岗村吗？这个村“吃粮靠返销、用钱靠救济、生产靠贷款”，去年18位农民冒着极大的风险立下生死状，在土地承包书上按下了红手印。

我一惊，搞土地承包，这不是搞资本主义吗？孔书记怎么敢公开说这样的话呢，这可是丢官掉脑袋的事儿啊。

他一笑，改革农村土地经营制度，把农村土地承包给农民，实行家庭承包经营，实质就是把土地经营权交给农民。这样的话，农民的积极性会被激发出来，由你要我种地到我要种地，这能量可了不起……

他边行边说，我边行边琢磨着他的话。这些话，我似懂非懂。

时令正进入岗巴五月，巴掌大的一块绿，都会让人瞅半天。土地承包，土地承包……新鲜新鲜。

“今天林嘎村和乃加村的主要问题，就是社员们没有积极性，混日子，当一天和尚敲一天钟。我觉得，这个家庭承包经营能调动起他们的积极性，但眼下想包也包不了，得等……既然远水不解近渴，咱们就按倒树摸老鸹，稳抓稳打等‘远水’吧！”

他一夹马肚，马儿打了个响鼻“哒哒哒”跑了起来。

年纪大了，爱回忆。有时啊，看着一张张幸福的牧民的笑脸，看着孩子从学校里叽叽喳喳跑出来的样子，脸也白净了，手也干净了，人也精神了。我就想，要是孔书记在，看到这一切，会有什么感想呢？

今日西藏孩子们的笑脸（潘杰　摄）

གམ་པ་རྫོང་གི་ཆ་སྙོམས་ས་བབ་མཐོ་ཚད་སྨི་4700ཟིན་པས། སྐྱེ་བོ་ཀུན་གྱིས་ཚེ་སྲོག་གི་འགག་སྒོར་གྲགས།

གཟི་བརྗིད་ནི་རྣམ་ཀུན་གྱི་བྱ་བ་ལས་འབྱུང་ལ། དཀའ་ངལ་ནི་ཡུན་རིང་གི་ལོ་ཟླ་ལས་མཆེད།

ཁྱུང་སྐྱན་སེན་སྙིང་སྟོབས་ཀྱི་ཤུགས་རྐྱེན་དང་སྐྱུལ་སློང་འོག ངག་དབང་ཆོས་ཉིད་ཀྱིས་མཚོན་པའི་སྐབས་མི་
གཅིག་པའི་རྒྱ་བོད་ལས་བྱེད་པ་དག་གིས་དཀའ་བ་དང་བླངས་ཀྱིས་གམ་པ་གསར་པའི་འཛུགས་སྐྲུན་ལ་གཞོལ།

第二章

相约／一潭清水万层波

水要再不舀，河就干了；

花要再不摘，春就走了；

歌要再不唱，人就老了

……

1

这个叫努穷的青年唱起了一首古老的歌："水要再不舀，河就干了；花要再不摘，春就走了；歌要再不唱，人就老了……"

1979年，西藏地区遇到了不同程度的春旱。喜马拉雅山北麓的昌龙旱情更严重一些，冬天里只飘过一场没盖过地皮的小雪，立春后也只是下过零零星星的一场春雨，进了五月更是滴雨未降。本来四月下旬青稞种子就该下地，因气温升得晚，落雨少，许多村改在五月种。眼下，五月已过了一半，有的村等不及，在干地里下了种，指望能下一场雨，让种子发芽。有的村还在等，向天祈求着等。

"人误地一时，地误人一年。"昌龙公社书记格热坐不住了，一大早就急匆匆来到我们的住处。

孔书记刚刚起床，他一听，就决定赶去村里查看一下旱情。简单梳洗后，我们骑马与格热一起赶往旱情比较严重的雪布让村。

雪布让村在昌龙的北部，藏语的意思是"涉水之地"，它所"涉"的水是叶如藏布河。这条河发源于喜马拉雅山脉中段的岗巴，过昌龙雪布让村后，经

孔繁森和群众一起调研

乃加村进入湖盆区。路上我还在想，守着岗巴最大的一条河，河边的雪布让村为什么会种青稞难呢？

来到村北的河边，我一下子明白了，河道很低，河岸边是陡峭的山壁，坡陡路窄，只有一条羊肠小道，显然，从河里取水十分艰难。远远地我们看到，有几个人抬着水桶到河里取水。到了地头，由于路上颠簸，桶里的水已所剩无几，倒在地里马上不见了踪影。

一个中年汉子把桶一扔："不取了，不管了，等老天降福吧！"

这个中年人是队长，他回身看到格热先是一惊，然后拉着格热诉苦。大意是，本来村里就有好多人吃不饱饭，如果这一茬青稞种不上，会有更多的人吃不上饭，怎么办呀？

格热挠着头皮不知如何是好，用求助的眼神看向孔书记。

孔书记说，要想法子，藏族不是有句谚语叫“与其临时找骆驼，不如骑现成的牛”吗？

可是“牛”在哪里呢？

我看到，孔书记把外套一脱，拿起一把镐用力刨了几下，地里现出了湿土。他说，把青稞种撒在湿土上，再盖一层细土，这样有利于保墒。他又用镐在另一地方刨出个小坑，说先用取来的水点一点，然后把三五粒种子放进去，这叫浇水点种，能节约水。我们也可以育苗移栽，在大田附近选一块好地洒上水，先把苗子育出来，等下雨后移栽到大田里。还有干种等雨，就是先在干土里种上等待下雨，这是在万不得已的情况下采取的一种办法……

我先是看到格热的脸舒展开了，继而队长上前一把握住孔书记的手说，你这位农业技术员了不起，肚子里“经”不少，丰收了请你来喝青稞酒。我说，这是县里来的孔书记，哪是什么技术员。队长满眼疑惑地问：“书记也会种地？”孔书记说：“我本来就是种地出身，来这就是领着大家种地的。”

孔书记对格热说，得想办法从河里引水，如果在这里修座扬水站，浇地的问题就彻底解决了。

这时一阵札木聂（六弦琴）声随风飘来，接着有人唱起了歌：“我俩相爱的心，像一张洁白的纸；有人想把它撕烂，写着真金字的纸是撕不烂的……”

琴声如风，歌声如水，听得让人清爽。队长说，是疯子曲松又在唱，唱吧唱吧，正好让大家放松放松。我问，他疯了？队长说是唱歌唱疯了，饿了唱，饱了唱，累了唱，高兴了也唱，悲伤了还唱。今天这是取水累了就开唱了。

孔书记听着歌声，说：“这歌真好听，像山泉水！”

返回时骑在马上，孔书记对我们说，他来之前查阅了岗巴的水资源材料，岗巴不缺水，昌龙也不缺水，是让水白白流掉了。你们看，岗巴的叶如藏布江流域横贯全县，还有叶如藏布江、奎曲江、亚曲江三大水系，大小河流 10 余条，支流星罗棋布，另有大小泉水 100 余处，如果把这些水利用好，整个岗巴就变水灵了。

那天，我们又去了纳加村、普村、铁布公村，行了百余里路，那些村的旱情与雪布让村差不多。在每个村，孔书记总是不厌其烦地传“经”，嗓子嘶哑，青紫的嘴唇上又起了泡，心急，上火，没有食欲，连糌粑也没吃一口。

来到亚欧村时，大家都很疲倦，连马儿也甩蹄子了。亚欧生产队更穷，一个队里只有一台收音机，连台拖拉机都没有，粮食和肥料运输都靠牛车。文化生活贫乏，县上电影队一年也就下来个两三次。老百姓苦熬着自己的日子。

在村口，我们看见一条溪流，水哗啦啦地流淌。孔书记眼睛一亮，下马走了过去。

孔书记领着我们沿着溪流往上走，溪流边上泥巴地难走，鞋袜里浸了水，走起来鞋不跟脚，他干脆脱下鞋袜光着脚往前行，我们也学着他的样子提着鞋走。此时，太阳将要落山，河道里风很大，水温已接近零度，冰凉刺骨。

走了几里路的样子，又看见了另一条溪流，两条溪流在这里聚在一起。

孔书记问格热：“这两条溪会断流吗？”

格热说：“没断过，夏秋水多，冬春水少。溪里淌的是雨水和融化的雪水。”

抬眼看，远方是巍峨的曲登尼玛雪山，景色壮美。孔书记蹲下身想了好一阵子，自言自语：“溪小靠山大，百年不会断流，是个好地方，是个修拦水坝的好地方。”

他立起身，郑重地问格热：“你觉得，在这个地方修个水塘怎么样？建一座横到东西两山之间的大堤，把两条溪流的水拦在这里，形成一个像水缸一样的大水塘。”

格热想了想，瞪着两条溪：“我们从来没往这儿想过。我做梦都想有个‘大水缸’，可修水塘不容易。”

孔书记说：“只要有了想法，咱就有办法。”

“这能行吗？”

“我们来个约定，就干这个水塘。当然，还要建水闸、引渠，天涝的时候蓄水，天旱的时候开闸放水。还要把大堤当桥来用，现在车不能过溪流，人过得要涉水，有了大堤东西贯通，放牧、收庄稼就方便多了。”

“那好吧。约定！”

格热笑了，吹起了口哨，但他好像对这个约定并没大有信心。

在口哨声中，我们用脚步丈量了东西两山之间的距离。

这时一个年轻人赶着七八头深棕色的牦牛，也吹着口哨从南边的山里走来。格热说，这是亚欧生产队放牛的努穷，能说会干，村里的青年人都听他的，口哨也吹得好，还会兽语，能听懂马牛羊和飞禽走兽的话儿。

格热向他打招呼，努穷打了一个响鞭，牦牛像猪一样“哼哼哼”叫着跑了起来。

我问努穷，你真的能听懂兽语？他神秘一笑说，当然，他放过牛羊放过马，它们只要叫一声就能知道它们想说什么、做什么。我让他说说刚才牦牛的叫声是什么意思。他想了想，说，它是说苦，村子周边的牧草没有了，吃个草还得跑这么远的路，能不苦吗？

孔书记笑了，问他，要跑多远？他说，雨水少，附近牧场的草都干了，得跑到十几里以外的山坳里放牛，不然，牛挤不出奶，就炼不了酥油，村里人也就喝不了酥油茶。没有了酥油茶，那还叫什么日子啊！

随即，这个叫努穷的青年唱起了一首古老的歌：

水要再不舀，河就干了；

花要再不摘，春就走了；

歌要再不唱，人就老了；

……

年轻人拍着巴掌唱，唱完说："水塘再不建，牦牛就跑了……"

影子铺在地上，很长很长，年轻人踩着自己的影子，追着赶着牛群。盯着牛群和年轻人远去的背影，我看到孔书记的眼睛湿润了。

回昌龙的路上，我们琢磨着给水塘起个名字。格热说，叫扎西德勒水塘吧，好听也吉祥。我说，修水塘是一场硬仗，肯定会流汗流血，正好藏语里有个词叫查筑，意思是用血汗浇筑。孔书记说，就叫查筑水塘，藏汉联手建水塘，流汗流血无所惧。

回到昌龙公社大院的住处时，已是晚上 8 点多钟了，天还没有完全黑下来，七八个孩子在大院里踢毽子。孔书记走过去，问他们吃饭了没有，上没上学，还邀请他们到我们的住处玩。孩子们一点儿也不客气，呼啦啦来到我们的住处，又蹦又唱。

孔书记的心情很好，他到屋里点上酥油灯："孩子们，我教你们唱首歌吧。"

孩子们安静下来，他清清嗓子唱道："北京的金山上光芒照四方，毛主席就是那金色的太阳；多么温暖，多么慈祥，把翻身农奴的心照亮；我们迈步走在，社会主义幸福的大道上……"

孔书记的声音浑厚，好听。

唱罢歌，肚子咕咕叫，我们这才想起来，已一天没吃东西了，我赶紧做饭。

住在这里，做饭很简单，热水拌糌粑，稀了当糊糊喝，稠了捏糌粑吃，有时还在牛粪火里烧上几个土豆。我正准备做饭，他见我从挎包里掏出一个青石片，问哪儿来的。我说在亚欧村边的溪边捡的，亚欧在藏语中的含义就是青石片，那里的山上青石片多，又薄又结实，许多人家会把它贴到墙上当装饰。他拿过石片仔细看了看，用水清洗了，说："我今天让你尝尝山东大饼的味道。"

炉里燃烧着牛粪，青石片放在炉上。糌粑用凉水和成糊，倒在石片上，瞬间青稞的香气被激活；饼子来回翻几个个儿，就变成了金黄色，焦香的气息弥漫在空中，围观的孩子们咽着口水。我是藏族人，从来没吃过这种“美味”。他把带着自己手印的饼子一分几半让孩子们吃，吃不上的孩子在那里眼巴巴地等。

再烙。再分给孩子们吃。

糌粑袋子见了底时，他笑呵呵地说，真正的山东大饼比这还好吃，和面用温水，还得发酵，把面揉好后，还得撒上芝麻、椒盐，小火在铁鏊上烙，烙个饼全村人都能闻到香味儿。

他烙的饼，全部分给了孩子们。我埋怨他：“你都把烙饼给他们了，我们晚上吃什么？”

他笑笑：“烧开水，我们冲一碗糌粑糊糊喝吧？”

开水烧好以后，我冲了三碗糌粑糊糊。他问，怎么冲了三碗呢？我努努嘴说，门口还有一个没有吃吧？他回头一看，还有一个小男孩没有离开。我招呼小孩，来来来，有孔书记吃的就有你吃的。他望着我，欣慰地点点头。我故作

孔繁森向农牧民学习打酥油茶、制作糌粑等技术

幽默地说，这不都是跟你学的嘛。

那天晚上，尽管我们每人只喝了一碗糌粑糊糊，吃了两个“牛粪烧土豆”，但他的脸上却出现了一种舒心的笑容，他后背靠床，把笔记本放在膝盖上，记着修水库的想法。我看了下表，已是夜里零点。

他有天天记笔记的习惯，再晚也要记几笔。他的这个习惯，后来也影响到了我。每天不记下点儿什么，总觉得缺了点儿东西。有时，眼皮打架了，不行，还得记，要不记，怕忘了。

当时，我真的怀疑孔书记的身体是铁打的，来岗巴仅仅十余天的时间，高反的症状还没有完全消失，今天又跑了百余里路，只吃了两个土豆。一天的奔波，我这个当地人都已累得浑身酸疼，他比我大 8 岁，却有如此好的精力，真是难以置信。他这是哪儿来的精力？

我想着想着，迷迷糊糊睡着了。

半夜醒来，我看到孔书记坐在床上，他肯定是憋醒的，紧皱着眉头好像在想什么。看来高反还没过去。

2

孔书记说，上级这要求那要求，和老百姓的要求是一个“要求”。

宜早不宜迟，水塘早修早受益。

孔书记与格热约定，我们去县里征求建设水塘的意见，格热负责动员群众参加修水塘。

我们到了岗巴县城，孔书记带着连夜写好的《关于尽快上马昌龙公社查筑水塘工程项目的调研报告》。我清晰记得，那份报告的结尾处写道：“查筑水塘的建设是岗巴人民改变贫困面貌关键一步，必须杀出一条血路，必须撕开一道口子，让昌龙的农牧业实现突围，成为全县的一面旗帜。”

县里没有水利方面的工程师，晚上，我和孔书记商量着画了一张查筑水塘的设计图，坝长150米，高6米，底宽5米，顶宽3米；水闸的闸门宽高各3米；还预留了溢洪口。画到半夜，他觉得底宽和顶宽应该再加3米，得把大坝修得像金字塔一样结实，免得跑水、漏水、出问题。我提出再加上石头护坡，他采纳了，并说："咱们两个土工程师不见得比别人差。"

第二天上午，孔书记把报告和设计图交给了县委书记达瓦，他从头到尾看了几遍，又提了几条修改意见，觉得可行，说这可是一件大好事，马上组织召开专题会，研究修建查筑水塘的方案。

我记得，县委专题会议连续开了三天。第一天是在上午 9 点多钟开始的，会上先由孔书记把方案念了一遍，接着大家展开讨论。

最终，问题集中在两个方面。一是，现在内地正在酝酿联产承包责任制，集体经济去留问题还不明朗，如果这个时候搞水利建设，搞不成，劳民伤财，搞成了，谁来管。二是，查筑水塘的选址是一片沙土地，应该用钢筋水泥加固，但县里财力有限，难以办到。如果不用，蓄水后垮塌，会危及人民生命财产的安全，这个责任谁来负。

当时，作为翻译，我列席会议，看到孔书记忽地站起身来，先是把昌龙目前的贫穷状况摆了出来，接着说，联产承包责任制是把土地交到农牧民手里，调动人们的积极性，这是大好事，可承包引不来水，没有水怎么种粮放牧？再者，承包责任制不是不要政府，主心骨和管理者还是政府。

有人应和说，是这么个理儿，无论怎么改，都是为了让群众吃饱饭。

孔书记说，上级这要求那要求，和老百姓的要求是一个"要求"。就是党支部要带领老百姓致富，分田、分地、分牲口，但是不能分心，心分了，就聚拢不起来了。修水塘可能有一定的风险，我昨天打电话问了山东的水利专家，那边修水库很少用钢筋水泥，采用的办法是加宽河坝，用石头护内坡，实在不行在外坡上再加盖草皮，"他山之石，可以攻玉"，咱们也可以借鉴这个办法，责任我来负。

有的人点头，有的人还是提出要"等等看"，昌龙这样子不是一天两天了，这不也没有饿死人嘛。

孔书记激动地站起来说："我家在聊城，三年困难时期，我才十六七岁，地里的地瓜长得像鸡头，玉米棒上挂着十几个粒，每家每年收获的几十斤粮食根本填不饱肚子，全村人叫天天不应，叫地地不灵。最难熬的是春天青黄不接的时候，粮吃光了吃树皮，全村人到地里挖野菜，每天只在晚上吃一顿饭，天一擦黑家家户户剁野菜熬汤喝。挖不到野菜的人家更惨了，大人们一碗一碗地喝凉水骗肚皮，忍着，孩子们忍不了，饿得直哭，一哭哭到半夜……我是一名党的干部，不想在岗巴再听到这样的哭声了……”

达瓦坐不住了，问大家：“你们没听过这样的哭声吗？岗巴这样的哭声还少吗？人要吃饭，吃不上饭就要面对哭声、疾病和死亡。人家孔书记是来援藏的，是千里迢迢来帮我们的，我看这个‘外来的和尚’不光会‘念经’，念的还是让农牧民快些吃上饱饭、好饭的‘真经’‘好经’，我举双手赞成！”

…………

第三天的下午，会议结束，县里批准了查筑水塘的建设方案，并由孔书记蹲点负责。对于设计的图纸，县里还是不放心，孔书记又专门跑了一趟拉萨，找到自治区水电厅的水利专家，又做了修改。那次他是自己去的，我没去。他说，为了打动水利专家，他自掏腰包请人家喝酒，把自己都喝醉了。

不久，县里支援了部分水泥、帐篷、十字镐、钢钎和帆布手套。

我找了几匹马到仓库里领物资，准备马上赶往昌龙。

刚刚把物资放到马上，有个人悄悄过来牵马往外走。看背影就知道是达瓦，孔书记紧赶几步，夺过他手里的缰绳。

达瓦说：“你是去昌龙开疆拓土的勇士，我应该给你牵马坠镫。”

孔书记说：“这是一名援藏干部该干的事。”

他们俩边走边说，像两个老朋友在拉家常。走了一段，达瓦把我拉到孔书记跟前，说：“我和阿旺是地地道道的藏族人，过去旧西藏法典将人分为三等九级，下等人的命仅等同于一根草绳，农奴一旦丧失劳动能力就会被主人一脚踢开，任其饿死、病死、冻死。藏谣里说，‘即使雪山变成酥油，也被领主占有；即使河水变成牛奶，我们也喝不上一口；生命虽由父母所赐，身体却为官家占有……’这首藏谣我听一回掉一回泪。”

我说，过去啊，只要活干得慢了一丁点儿，皮鞭就会落下，哪怕是头人家的一条狗，也比我们农奴吃得好，睡得好。

达瓦说：“西藏解放了，翻身农奴做了主人，但我们还是被一个‘穷’字压着，真不能等了。”

上了大路，孔书记双手合十，让达瓦回去。达瓦握住孔书记的手：“你知道你的哪一句话打动了我吗？是你方案里提到的‘让昌龙的农牧业实现突围，成为全县的一面旗帜’。岗巴需要树一面旗帜，昌龙就是一面旗帜，看你怎么把它树起来、立起来！”

孔书记点头，翻身上马。

达瓦挥挥手：“孔书记，我们把昌龙交给你了！”

我看到孔书记的身子颤了一下，挥手道别。

…………

我和孔书记来到昌龙公社大院时，看见院子里挤满了人。

格热在召开修建查筑水塘的动员大会，院中间有一桌一椅，他坐在椅子上讲话，他的身后是亚欧村那个懂兽语的努穷。格热的左边一群人，右边一群人，左边老人居多，右边大多是年轻人。孔书记问我，他讲的什么内容？我说，他把报名修水塘的人集中在左边，现在正动员右边的年轻人参加。年轻人不干，说给的工分少，要求一天记两天的工分，修水塘不是一般的庄稼活，又苦又累，每天还得跑那么远的路，不划算。这活还是留给老人们干吧，一年干不完干两年。

见我们回来了，格热眼睛一亮，马上跑过来，把孔书记推到了椅子上：“这是咱们县里来的奔布拉，让他来评评理，让老人们修水塘不是笑话嘛，猴年马月才能修完。”

显然孔书记没有思想准备，环视大家，看到左边一个两眼深陷、脸上布满皱纹的老人。他起身把老人让到椅子上。老人可能有哮喘病，喘气呼呼响，胸脯急剧起伏，他用手背擦着眼角的眼屎，但擦了几下也没有擦掉。孔书记从裤兜里掏出手绢，轻轻地擦着老人的眼角，眼屎硬，还是擦不掉，他再把手绢放到嘴上哈哈气，再擦，擦掉了。老人笑了，一把握住他的手说：“你是孔书记吧，我是林嘎村的，那天你给了我孙女几块糖，她给我留了一块，我下地回家她悄悄给我吃了，真甜。”

孔书记一拍脑门：“你孙女叫拉珍，你儿子叫丹增，是吧？”

这时，丹增从左边人群里走过来，向他鞠了一躬：“孔书记，你走后，队长让我去给生产队放马了。这回听说你要大家去修水塘，我们爷俩都来报名了，工分多少都行。”

孔书记一把拉过丹增，给他竖起大拇指，又对着右边的年轻人说：“你们嫌修水塘工分低，我来告诉大家工分是什么东西。一张桌子上摆着 10 斤糌粑、10 碗酥油茶，10 个工分可换 1 斤糌粑、一碗酥油茶，可是糌粑、酥油茶少了，供不上了，就得 100 个工分换 1 斤糌粑、一碗酥油茶，如果糌粑、酥油茶没有了，你就是有再多的工分也换不出来，只能等着挨饿。这个意思就是，只有咱生产队的地里青稞丰收了，咱的牛羊成群结队了，工分才有用。修了水塘，青稞丰收了，1 个工分顶 10 个管用。”

年轻人互相询问，说的是真的吗？是这么回事吗？

努穷吹了几声口哨：“孔书记是县里的奔布拉，不会骗咱们。”

有些年轻人举手想要报名。

我把那几匹驮物资的马牵过来，从马上卸下水泥、帐篷、十字镐、钢钎和帆布手套。年轻人呼啦围了上来：“有了帐篷，修水塘不用来回往家跑，晚上可以点上篝火唱歌跳舞。”“这些好东西，有的我都没见过呢。”“修好了水塘咱们就有了青稞有了奶，喝着酥油茶吃糌粑，你说自在不自在？”

呼啦啦，青年们笑着、争着报名，很快我就记下了近百个人的名字。

孔书记把格热和我拉到一旁说，不能把年轻人全拉到工地上，还得留人种青稞、放牧，不能耽误了农牧业生产。青年突击队就定 60 个人，按工程量算，今年立冬前就能建好水塘。

报名结束后，格热领过努穷，推荐他当突击队长。

努穷高兴得又吹起了口哨。

第二天，几辆马车拉着修建水塘的帐篷、工具，还有柴米油盐奔向查筑水塘工地。途经普村的牧场时，巴旺老人带着他的藏獒在路边站着。突击队员加央跑过去说：“爷爷，你怎么在这里？”

老人摸摸他的脸：“我在等孔书记，说句话，你到了工地上要好好地干，别给爷爷丢脸呀！”

孔书记走上前去：“老人家好，我们去修水塘了。”

老人端详着他：“十几天不见，你黑了瘦了。你们去修的不是水塘，是昌龙的大粮囤啊，子子孙孙会感谢你们！”他又拍拍加央的肩膀：“这是我孙子，他也是青年突击队员。”

孔书记说：“说大粮囤为时过早，就像你们藏族人说的，‘聪明人用成果说话，傻瓜才用舌头吹牛’，咱一步一步地走，日子总会慢慢好起来的。”

说完，两个人相视大笑起来。

工地上插了几面红旗，旗下 60 名藏族青年一字排开，他们身旁的木板上是我昨天晚上用藏汉双语手写的大字：“鼓足干劲，力争上游！”

没有锣鼓，没有鞭炮。

有酒，有歌。

格热从马车上抱下一桶准备过藏历年时才喝的青稞酒，给每人倒上一碗，

农牧民无论男女老少，最喜欢喝的酒就是青稞酒　（达瓦扎西　摄）

大家端起来一饮而尽，接着唱起了歌。

歌是突击队长努穷起的头，大家一块唱："太阳啊霞光万丈，雄鹰啊展翅飞翔，高原春光无限好，叫我怎能不歌唱……"

天蓝云白，雪山巍峨，格桑初绽。

突击队员们情不自禁地在草地上跳起了舞，好不热闹。

从古至今，在海拔 5000 米的昌龙，谁也没有见过这种撼动人心的场面。

3 /

孔书记悄悄塞给我 50 块钱说："到村里买只羊，再买桶青稞酒，晚上开个大坝'封顶'庆祝会，该让小伙子们放松一下了。"

修建查筑水塘的计划是：第一步，在两山之间筑堤坝的地方划出长150米、宽 9 米的区段，砸上木橛子，拉上线；第二步，在这个区间里深挖 5 米，然后从远处含沙量低的地方取土，一层层地充填，直到坝顶；第三步，从就近的山上取石，护在坝坡上，防止水冲击和渗漏；第四步，修建溢洪道、水闸，用水泥、石子浇筑；第五步，在水闸外建引渠，通向田地和牧场。

当天上午，孔书记和我领着队员们量地打线，格热和努穷搭帐篷、垒炉灶、做饭。日头偏西时，热乎乎的糌粑糊糊已经盛到了每个队员的碗里。喝上几碗糊糊，再捏上几块糍粑吃，在山风里晃一晃身子，队员们个个精神抖擞。

接下来，是按线段在区间里挖沙土、挑大沟。先用十字镐把土刨松，再用铁锨把土翻到沟沿上，装筐抬出去。遇到石头，就锤打钢钎破石，叮叮当当的声音传得很远，惊得鸟们扑棱棱飞向远方。

挖的挖，打的打，运的运，工地上热火朝天。

5月末的昌龙乍暖还寒，几个青年人脱了上衣，甩开膀子干。其他人看到了，怕别人说自己偷懒，也脱了上衣。青年们你追我赶。阳光下，60个黑褐色的脊梁上冒着汗，明晃晃的，个个都像勇士。

一晃十几天过去了，一个神奇的大壕沟像从天上掉下来一样，横在了人们面前。

下一步是选址取土，我们在附近转了一个上午，也没有找到合适的地方。原因是，含沙量少的地方是田地，孔书记舍不得取，而河滩上沙含量过高。再往上走，见一个山坳里的草特别旺盛，他抓起把湿土，一捏成团，高兴地说，就在这里取土，取了土这里也会形成个小水塘，等咱们有了抽水机，这又是个“水缸”。

格热说，从山坳到工地少说也有2里路，又是疙疙瘩瘩的山路，全靠人抬肩背?

努穷说，一个人一天跑几十趟，也只能扛回几方土，那得扛到什么时候?生产队里不是有牛有马吗，咱们可以让它们来帮个忙。

孔书记说，努穷，你会动脑筋了。

第二天，青年突击队里多了许多“新成员”，努穷的七八只牦牛打头阵，各村送来的十几头牛、马、骡、驴紧跟其后，一支浩浩荡荡的运土队伍在山间穿行着。

有了土，怎么把土压实在堤坝上?当然得靠“打阿嘎”。

打阿嘎是我们藏族传统的屋顶或是屋内地面的修筑方法，利用当地特有的被称为“阿嘎土”的泥土和碎石，加上水混合后铺于地面或屋顶，经过人工反复夯打，使地面或屋顶坚实、平滑、不渗漏水。打阿嘎时，通常是十几个人排成队列，每个人手中拿着一根木棍，一边唱着歌，一边按照一定的节奏前后左右移动步伐，同时用手中的木棍捣实脚下的碎石和泥土。

孔书记说，打阿嘎用木棍捣，打的面积小，效率低。我们山东盖房子打地基时用石头砣子打夯。夯一般用一块大石头，上头稍小下头稍大，凿成四方棱台形。在石头上靠近小头的一边凿出一个槽，把木杠牢牢固定在石槽里，这样木杠和石块就成为一个整体。夯四周用绳子绑住，七八个人围着夯，用手拉绳子拉起夯砣，再同时松手，夯就重重地落在地面上，一夯一个坑，把地夯得结结实实。打夯时还要喊着打夯号子："嗨嗨嗨嗨哟，打起夯呀；嗨嗨嗨嗨哟，割麦子哟；嗨嗨嗨嗨哟，磨细面哟；嗨嗨嗨嗨哟，包饺子哟……"边夯边喊，干活不累。

我听他讲着，悄悄用铅笔画了个夯砣的图。他一看，连连说好，夸我是"小诸葛"。

没过几天，工地上响起了打夯的号子声。一个夯砣 8 人拉，突击队员们奋力拉起绳子的同时喊出"嗨嗨嗨嗨哟"，沉重的夯砣落地时喊出"修水塘哟"；"嗨嗨嗨嗨哟，盼丰收哟；嗨嗨嗨嗨哟，昌龙人哟；嗨嗨嗨嗨哟，不怕累哟；嗨嗨嗨嗨哟，为子孙哟；嗨嗨嗨嗨哟，好日子哟……"

孔书记说，这号子提气、提神又提劲，简直是出征的号角。

源源不断的土运到沟里，平整后打夯，五六个夯砣在沟里摆开阵势，一个夯砣 8 人拉，边喊边打，惊天动地。

这种激昂雄壮的声音，从早响到晚，堤坝一寸寸"长"，从地下窜出"头"，再往上"长"。到了 6 月底，堤坝已"长"到 150 米长，六七米高，远远望去像一条威风凛凛的巨龙卧在两山之间。

看着这"龙"，孔书记十分兴奋："眼下水塘的土方工程完成了，相当于盖房子'封顶'了。下一个目标就是开采石头护坝坡，再建好溢洪道和闸门，蓄了水，坝下的千亩土地和草场就等着'龙吐水'了。"

我看着孔书记黑瘦的面容说，这一个多月可把你累坏了。他说："我是敲边鼓、打杂的，没有这群小伙子累，你没看他们的脸都瘦了一圈儿，看着就心疼。”

突然，远处传来急促的马蹄声，格热骑马来了，老远他就扯着嗓门喊：“大家放心，地里的肥追了，草也除了，全公社的青稞长势一片大好！”

原来，前些天下过一场不大不小的雨，这场喜雨让田里的许多青稞抽了芽。青稞出芽后，要及时追肥，为青稞增蘖、增穗、增籽打基础；还要清除杂草，免得和青稞“争水争食”。各村的部分精壮劳力被抽到了工地上，孔书记怕影响青稞的收成，也为了打消突击队员们的后顾之忧，让格热组织人员，兵分几路到各村指导，对没有劳动力的人家进行帮扶。

格热走到孔书记跟前，左看右看了好一阵子：“孔书记真是入乡随俗啊，脸黑得越来越像我们藏族兄弟了。”大家笑了起来。

我知道，脸色黑肯定是晒的，我们同吃同住同劳动，太阳没给他这个书记留一点儿面子，瘦的原因当然是身心俱疲。我和他在帐篷里睡一个床板，每天天一亮，他就悄悄起来，先去灶台生火烧水，再到帐篷前的空地上大声朗诵毛主席诗词。朗诵一首，见大家还没起床，就再朗诵一首，直到大家揉着惺忪的眼睛走出帐篷门。然后，他再分配一天的活儿。晚上收工后，他挨个帐篷钻，有时说国家政策，有时讲山东故事，有时也让藏族的小伙子们讲传说故事、风土人情。每天晚上临睡前，他还会把努穷和丹增叫过来，我们四个人开个“碰头会”，把一天里遇到的问题记在他的红皮笔记本上。那个红皮笔记本记满了，他会换上内芯，内芯是手裁白纸自己做的，没有订书机他就用针线缝纸，再套上那个红塑料皮。他也写信，隔不久就在酥油灯下写一封，封好口交给我，让我回县里时寄出去。一个月后，我回县里取文件，把5封信一块寄了出去，地址和收信人都是相同的，山东省聊城地区堂邑公社五里墩大队王庆芝收。我觉得他很想家，但他又很少提及家里的事……

格热的到来，给工地上带来了不少笑声，许多人追着他问这问那。这个问，见到我爷爷了吗，他的咳嗽好了不？那个问，他阿妈过生日他没在，生没生气？还有的人问，家里那头牦牛生小牛了吗？……格热记不清了，就笑着搪塞，“好了”“没生”“生了”。众人问什么是“没生”“生了”。格热脸一红：“阿妈没生气，牦牛生了个小牛犊。”

众人大笑。

这时，孔书记把我拉到一边，悄悄塞给我 50 块钱说：“到村里买只羊，再买桶青稞酒，晚上开个大坝‘封顶’庆祝会，该让小伙子们放松一下了。”

我记得，那天没有月亮，星星满天，点起的篝火特别高，映照着远处的雪山。当羊肉的香气弥漫开来的时候，孔书记让大家倒上青稞酒。羊肉放在几个大盆里，八成熟，用刀切割还见血丝。努穷说，火候正好。他拿起一块羊肋骨放到孔书记手里，孔书记马上给了格热。格热不客气，拿起来大吃一口，鼓着腮说：“孔书记，我们岗巴的羊肉才叫世间美味，不信你尝尝。”

孔书记招呼大家吃，大家边吃边赞美。他吃了一口，使劲咂摸着味道：“是美味，真不孬！”

我说，岗巴羊在西藏很有名，过去是班禅堪布厅指定的贡品呢。可能是海拔高、昼夜温差大的原因，肉质细、味道鲜、无膻味。也有人说，这里的羊吃的是虫草和雪莲花，喝的是冰川融化的水，所以才成了雪域高原上的“第一吃”。

孔书记站起身，把碗举起来说：“来，小伙子们喝一碗，感谢你们的爷爷、奶奶、阿爸、阿妈，把这么好的孙子、儿子送来修水塘！”

众人起身，一饮而尽。

孔书记端起第二碗酒时，告诉大家一个好消息，明天开始放假 3 天，大家回家歇一歇，看看老人和孩子。回来后，拿出修建“红旗渠”的精神继续战斗，完成第二个目标，给大坝贴上护坡石。

努穷问：“什么是红旗渠？”

孔书记说："这是河南林县的一个大工程，有咱们水塘几千个大，10万人靠着一锤、一铲、两只手，在太行山悬崖峭壁上修了10年，修成的总干渠1500多公里。"

丹增问："修这么长的渠，一定受了不少苦吧？"

孔书记说："在悬崖峭壁修渠不是一般的苦，光人就牺牲了近百个。"

加央也问孔书记："吃这么大的苦，为什么还要修？"

孔书记说："咱们受苦受累，为的是日后孩子们有水喝，有粮吃，能睡个暖和觉。虽然工程有大小，但他们的想法与咱们修查筑水塘的想法是一样的，你们说是不是？"

恰央水库，位于岗巴县龙中乡，改善了岗巴县水利设施和用水环境

4 /

歌声、掌声、笑声、叫声中孔书记对我说：“琴声解忧，歌声解闷，鼓劲儿的话解乏，你说对不对？”

孔书记去县里开会了，他让我们继续加固大坝，并让我留下来监督，还说他要再申请县里支援些水泥，把溢洪道和水闸修建起来。

他前脚刚走，格热就把我和努穷叫到大坝上。放眼望去，坝下的田园牧场披着绿装，再看远处的雪山白得耀眼，明净的天空蓝得醉人，这是多么美的一幅画呀。等到水塘蓄了水，相当于这里又多了蓝色的“大水缸”，更是锦上添花。最要紧的是，这个“大水缸”盛的不光是景，也是人畜口里的粮食，这个大水塘连接着人们的笑声和牛羊的欢叫哪。

格热和努穷心情大好，他俩吹着口哨，眉飞色舞。

我问格热，咱们不会是来观景的吧？

格热哈哈一笑说：“咱们要给孔书记一个惊喜。”

努穷追问：“什么惊喜？”

广袤的岗巴草原

格热满脸自信："孔书记让我遇事多动脑子，我好好地琢磨了一下，修建溢洪道和水闸第一步得在大坝上挖两个深水道，这两天咱们就把这活干了，等他开完会带着支援的水泥回来，咱们可以马上修建溢洪道和闸门了，省了时间，加快了速度，你们说他惊喜不惊喜？"

努穷说："这主意好，突击队分成两个组，一个组挖一条，一天就能干完。"

溢洪道是水库必不可少的防洪设施，当水库里水位超过安全线时，水就会从溢洪道向下游流出，防止水坝被毁坏。水闸则是控制流量和调节水位的，关闭闸门，可以阻拦洪水，开启闸门，可以泄洪或灌溉。

见我不言语，格热问我什么意见，这难道不是好事吗。我说，这是不听指挥，怕的是弄巧成拙。格热脸色一变："什么叫不听指挥？什么叫弄巧成拙？"

我说，孔书记让咱们这几天继续加固大坝，没让咱们在大坝上豁口子，这是不是不听指挥？如果豁开了口子，万一赶上大雨，把大坝全冲毁了，咱们几个月的汗水不就全泡汤了，这不是弄巧成拙了吗？

格热哈哈大笑：“我的阿旺大翻译呀，你是不是读书读多了，脑子糊涂了？这不是不听指挥，是为孔书记分忧。再说，旱了大半年了，哪儿来的大雨？真要来了雨还是好事呢，浇地灌牧场，也不至于冲毁大坝呀，我从记事起，这两条溪就没有发过什么大水。照你这个担心法，夜里走路还怕星星掉下来砸了头呢！哈哈……”

努穷看着我说：“格热书记说得在理，咱们这是真心真意地干活，歌里不是说吗，‘水要再不舀，河就干了’，不管那么多条条框框，‘路走得再远也是为了回家’，咱们争分夺秒把水塘建好才是正事。”

说实话，当时我看着他俩一唱一和，十分焦急。我怕的是万一，如果没有这个万一，这兴许是个好事。但我还是没有表态。

显然，格热有些着急：“阿旺，你是县里的干部，我也不逼着你同意，咱们举手表决，少数服从多数怎么样？”说着他先举起了手，努穷也跟着举了起来。

尽管我看着他们热切的眼神，但还是说“保留意见”。

格热脸一沉：“你保留吧，反正二比一通过了，今天全部人员先把大坝加固的活干好，明天一早就开挖溢洪道和水闸的水道，努穷领一组，我领一组，你就负责后勤，让大家吃上糌粑和炖土豆。”

我的“保留意见”并没有影响格热的干劲，但影响了他的情绪。第二天我看到格热带着 20 多个人挖溢洪道的水道，他和小伙子们一样光着膀子，用铁锹把挖出的土堆在沟的两侧，焦毒的太阳晒着他像木炭一样黝黑的背。与以往不同的是，他不再边干边说笑话，而是一脸严肃闷头干活。

我以为他可能因为我的“保留意见”心里窝了火，晚上，我来到他的帐篷，没想到他见了我仍满脸笑容。我想再给他解释一下，他挥挥手说：“阿旺我知道你心里怎么想的，稳扎稳打修水塘，可你不知道我有多急，急得火急火燎。我每次回公社，许多人问水塘修得咋样了？这一茬青稞能不能‘喝’上水塘里的水？可别弄个半途而废，劳民伤财。放心吧，咱们都是为了水塘，心是在一起的。”

三天后，孔书记开会回来了，首先到大坝上去看，见挖出的溢洪道和水闸的水道没有惊喜，而是勃然大怒。他质问格热，为什么要挖，知不知道风险？万一来了山洪，这还了得。格热红着脸不说话。我说：“格热书记是好心肠，一是想加快修水塘的进度，二是为了让你省点儿心。”孔书记没再说什么，但对大家说，县里帮着买的水泥要半个月才能到货，为了防洪要先把这两个口子填起来。

格热和努穷不干了，说整个冬春里没有下过大雨，哪有洪可防，回填的功夫还不如再护护坡呢。

孔书记说：“这可不是儿戏，出了问题谁负责？”

格热拍着胸脯：“我负责，坚决负责！”

孔书记见拧不过他们，退一步说，要密切观察天气情况，发现有下大雨的迹象，立即回填挖出的土。后来，孔书记对这次的让步十分愧疚，他说，如果当时硬起来，回填夯实就好了。

孔书记这人心细，他跟我说，要注意保持突击队的这股劲儿啊，时间长了，就松懈。可这劲儿怎么鼓呢？有一天，他把县电影放映队请到我们昌龙红旗人民公社，连放两个晚上，接连放了《农奴》《东港谍影》《渡江侦察记》《冰山雪莲》《黑三角》。白天累了一天，晚上看露天电影，大家心里美美的，干劲儿更足了。

已经是六月上旬了，高原的山野依旧缺少夏天的葱绿。

工地上刚开工的时候，每天都会听到背石头的队伍里有一个嗓音很好的人在唱歌，其他的人唱几首，嗓子就沙哑了，而这个人从来就没有觉着累。后来加央打听到这个人叫曲松。晚饭后，加央看到曲松从帐篷里出来，双手抱着一把六弦琴，穿了一件土黄色棉衣，坐在夕阳里边弹边唱。不一会儿，就围观了许多人，加央站在旁边静静地听着。

曲松唱的是《我俩相爱的心》：

我俩相爱的心，
像一张洁白的纸；
有人想把它撕烂，
写着真金字的纸是撕不烂的。
……

前段时间在青稞播种期抗旱时，我和孔书记在雪布让村旁的叶如藏布河边，听到过这支很好听的歌，所以他带头拍手叫好。努穷显然有些不服气，在人群里吹起了口哨。孔书记对大家说，让努穷也来一个好不好？大家拍手说好。努穷立起身开唱：

鹰在山上飞呀，
是因为找不到一块落脚的石头；
云在天上飘呀，
是因为找不到一片下雨的土地；
人在马上行呀，
是因为找不到一条回家的归路；
泪在眼里转呀，
是因为找不到一个最想见的人。

歌声、掌声、笑声、叫声中，孔书记对我说："琴声解忧，歌声解闷，鼓劲儿的话解乏，你说对不对？"我说当然是，行军还要唱着歌呢，咱就让小伙子们各显神通唱起来吧，鼓足了劲儿打一场大坝护坡的战斗。

说话间，努穷亮开嗓门说："突击队员们，咱们欢迎孔书记来一首好不好？"大家齐呼"好"，还有节奏地鼓起掌来。

孔书记笑着站起身，向大家鞠了一躬说："小伙子们辛苦了，我唱个山东民歌《沂蒙山小调》。"他双手拍着节拍，唱了起来。

尽管孔书记嗓音浑厚，但在空气稀薄的环境中唱起来气短，高音顶不上去，连连咳嗽。

大家一个接一个唱，丹增的嗓子也痒痒了，他举手要求也唱一个，随即唱起了《北京的金山上》。

那天晚上，一直唱到了大半夜。

5/

我见崖下筐里的石头上有星星点点的血迹，有些纳闷。再看，地上也有。抬眼看，孔书记的背上正冒着血。

给大坝护坡，相当于给武士穿上盔甲，要选用结实、耐磨、耐泡的石头。

水塘的周边是砂石山，山上的石灰岩、砂岩、页岩易碎，不能用。孔书记和我像前些天找黏土一样转了好多山头，终于在五六里外的一个山崖上找到了一片石疙瘩。费了好大的劲儿才用大锤砸下一块，石头是白色的，在太阳下闪闪发光，两块石头敲击能听到脆响，显然，这是高硬度的好石头。

采石场找到了，怎么开采？孔书记带着我又跑到县里求援，领来了硝胺炸药、雷管、钢钎、大锤、撬棍、钢楔子等不少“硬家伙”，这让探家回来的突击队员们大呼“过瘾”。

当时，每个人都很乐观，觉得大坝都筑起来了，护个坡没什么难的。但谁也没有想到，接踵而至的事情差点儿葬送了查筑水塘。

打眼、破石、搬运、铺坡是“四道关”，关关相连，一个出问题，就会影响下一个环节。打不了眼就放不了炮，放不了炮就没有石头，所以最重要的是“打眼关”。

打炮眼的组有 12 个人，3 人一个炮台，4 个炮台同时打。努穷和丹增分别是两个炮台的，往往努穷的炮台打完一个炮眼，丹增的炮台还没打完，他和扶钎的加央就开始相互埋怨：“是你落锤歪了。”“不，是你扶得不稳。”

孔书记要去试试，我说你没抡过锤，还是别试了。他一笑，拎起了大锤。他和丹增分别在左右举起锤，加央显然有些胆怯。孔书记说声“你不用怕，瞧好吧”，说着，稳稳地一锤砸在钎顶上。丹增也打出一锤。叮叮当当你来我往，没想到，他俩打得又准又稳。

过了一会儿，加央让他们停下来掏炮眼里的石末。大家围过来问孔书记，你这奔布拉也抡过大锤？

孔书记说：“没有，打过篮球。”

“打篮球和打炮眼能是一回事？”

“差不多，篮球传球时要用腰上的劲儿，像藏族人摔跤一样，用腰上的劲儿既有力又有准头。你们看到没有，努穷会摔跤，他用的也是腰上的劲儿。”

努穷说：“是这么回事儿，但我说不出来。”

孔书记说，咱今天立一条规矩，不管谁有什么好法子都得说出来让大家学习，相互学习才有进步。加央说，扶钎的时候手不能握得太紧，稍微松一点儿，既减震，也更稳。有个小伙子说，钢契子破石不是要打多深的眼儿，关键是看石脉、观石纹，顺着石纹安契子，开得快还省劲儿……这次现场的技术切磋，让大家连连叫好。

高原太阳毒辣，特别到了下午，阳光如同刚从火炉中取出的木炭炙烤着大地，似乎要将所有的水分都榨干吸尽；强烈的光线像箭一样射向大地，耀得人睁不开眼睛。进入七月，到了下午，大家热得受不了，干起活来懈怠。这时，孔书记总让大家到山崖下的背阴处休息一会儿。休息的时候，他总是给大家讲一些有意思的故事。

今天孔书记给大家讲的是一个泰山石匠的故事。

> 过去有一个年轻的石匠，有一天他正在泰山下凿石，突然看见皇帝来泰山封禅，好不威风。石匠觉得自己和皇帝比起来太卑微，太辛苦了，心酸地坐在石墩上黯然叹气哭泣。这时一位神仙问石匠，你为什么这么悲伤？石匠说，自己为什么每天就该这样辛苦，皇帝为什么就那样舒服？于是神仙让石匠当了皇帝，并答应今后满足他一切条件。石匠当了皇帝后出巡，阳光强烈，热得大汗淋淋。他觉得皇帝受太阳的气，要求神仙让他当太阳。神仙让他当了太阳。当了太阳后，他发现阳光很难穿透云层，又想当云彩。神仙又满足了他。当了云彩后，他发现自己能随时下雨，但再大的雨对石头也无可奈何。他要求还是当石匠，几凿子就能把一块石头破开。神仙再一次满足了他。石匠拾起自己的凿子，仍然当石匠，尽管还是像过去那样劳累，但很快乐。

故事讲完了。大家说，当石匠给个皇帝都不换，哈哈，有意思。

孔书记说，咱们比石匠还伟大，咱打的石头修水塘为子孙后代造福，是积德行善的事，你们说在不在理儿？大家齐声说当然是，再干起活来觉得自己的腰杆子硬了许多。

酷热中，十几天又过去了。

十几天前的技术交流还真起了作用，打眼的用上了“腰劲”打得更快了，放的炮也就多了。破石头看纹路，效率也提高了。石头堆了一大堆，搬石的人搬不迭了。自然，我和孔书记这两个“机动队员”成了搬石头的。

从山崖上的采石场往下搬石头是个很累的活儿。护坡石需要有一个平面，不能用圆不溜秋的石头，得破出一个面儿。所以，这些石头没法从崖上往下滚，只能靠扛、背和抱。扛石头的每人有一个肩垫，没有多余的肩垫咋办？孔书记说，咱不用扛，抱着石头喊一声“嗨”，近百斤的石头就抱在了怀里，沿着凿出的石阶往下走，一口气走到山下，把石头放到大筐里，让牲口驮走。我身体瘦，他只准我搬50斤以下的片石，即使这样我还是赶不上他的步伐。

来来回回十几趟，孔书记的汗水把上衣和裤子都湿透了，他索性脱掉上衣，只穿了件已发黄的旧背心，背心上有十几个豆粒大小的窟窿，像筛子底。

太阳平西时，孔书记说抱着石头下山影响视线，万一踩空会出事，咱们改背石头吧。只见他先把要背的石头搬到齐腰高的坎上，然后双手倒背让石头贴在后背上。

快收工时，我见崖下筐里的石头上有星星点点的血迹，有些纳闷。再看，地上也有。抬眼看，孔书记的背上正冒着血，石头尖子在他背上划了条三四寸长的口。血从后背流到腿上，又从脚后跟流到地上。我跑过去，边跑边把我的衬衣脱下来，一把按在孔书记的背上，而后从身后抱住他，哽咽着一句话都说不出来，整个身子都在颤抖。

这时，众人都围了上来，拉着孔书记不让他再去背。

当天晚上在帐篷里，我忍不住“教育”了他。他焦急地对我说：“我背上的小口子算什么，现在是雨季，咱们的大坝没有护坡，还有两个大口子，一旦出事，后果不堪设想。”

要命的是，我们刚刚睡下就听到了雷声。拴在帐篷后面的牛、马、骡、驴也叫了起来。

起先，是远处传来沉闷的雷声，继而刮起了大风。当雷声滚到附近山顶的时候，孔书记已拿着手电冲出了帐篷。

我紧随其后，见他把所有人叫到空地上，大声喊着：“全体带上铁锨、绳子、柴草，快到大坝上去！”

高原上的天气总是变化无常

格热说，会不会是干打雷不下雨？

孔书记说，不下更好，怕的是下暴雨。

努穷说，暴雨能把咱的坝冲走了？

孔书记说，大坝上有两个大口子，堵不住，真会把坝体冲塌、冲走。

我们冲到了大坝上，此刻已是电闪雷鸣。闪电中，我们看到了大坝上的两个大口子像张开的两张大嘴，护坡的石头也只铺了几十米。

看到眼前的情况，格热用拳头擂着自己的头："都怪我自作主张开了这两个口子！真是该死！"

孔书记一把拉住他的手，说，现在不是自责的时候，哪里还有柴草？格热说，坝下面普村的牧场里有牧草，随即让加央带几个人去借牧草。孔书记又让努穷带上十几个人把堆在坝下没来得及护坡的石头填到一个口子里。

短短的十几分钟后大雨落下来了，瓢泼的大雨像天河开裂般直浇下来，周边山上的水也往塘里灌，眼看着水塘里的水位呼呼地往上涨。

半个小时后，我看到预留溢洪道的那个口子由于填了不少的石头，外流的水慢了一些。

这时，孔书记看到加央和几个队员背着一捆捆牧草回来了，立即让他们把草往口子里塞。放一层草，再压一层石头，终于石头与草绞在一起，挡住了汹涌的水流。突然，闪电中孔书记看到一个戴草帽的老人倒在大坝上，他立马跑过去，只见老人长长的白胡子像屋檐上的草淌着雨水。孔书记大声说："巴旺爷爷，你怎么来了，这里危险，快回家去！"

加央跑来说："我去拿牧草，爷爷不放心，说要跟着来看看。"

孔书记见他站不起来："腿怎么了，摔着了吗？"

巴旺爷爷说："不要紧，是老寒腿，见冷见潮就疼。那边的口子更大，得用大件堵，用麻袋装土塞住才行。"

孔书记转眼看，预留闸门的那个口子，水流量大，口子两侧的土正随水往下狂泻。他听到老人说要用麻袋装土，可到哪里去弄麻袋？看到眼前的帐篷，他忽然计上心来，大声喊道："快把咱们的帐篷拆了拖过来！"

很快大家把十几顶帐篷拖到了大坝上。

孔书记又命令："帐篷里包上土往口子上堵。"

大家七手八脚把帐篷展开，飞快往里填土。包了土的帐篷有几千斤重，七八个人都拖不动。孔书记喊着号子"一、二、三"，大家把帐篷包一步步往口子上移动。到了跟前大家用力推进去，帐篷包"卡"在了口子上。

接着，第二个、第三个……当十几个帐篷包全都推到口子里的时候，水被控制住了。

巴旺爷爷的脸上露出了笑容。

孔书记让加央把老人背回牧场。

那晚的雨一直下到了半夜。尽管是七月末，但高原上雨后会特别冷，我看到孔书记冻得哆嗦，摸了下他的额头，滚烫，掀下他的衣服，背上的伤口已化脓了。

帐篷没了，被子淋了，做饭的炉灶也泡了，工地上一片狼藉，像经历了一场战争。

格热牵过一匹马，要把孔书记送到公社的诊所。孔书记一把推开他的手：“哪里也不能去，大家都要在这里死盯着！”

孔书记还是打战，我拉着他的手，他手上发黏，不知是泥巴还是血。我们蹲在大坝上，大家围成个人圈，把孔书记围得严严实实，藏汉人的气息在这里交融。多年后，回忆起这个场景，总让我激动不已，鼻子发酸。

后来，县里用3匹马送来了支援的水泥，大家用了半个月的时间修了溢洪道和水闸。

格热一直为当初自作主张在大坝上挖了两个口子而后悔，后来“将功补过”，积极组织各村修渠，让村村水渠贯通，最后水渠修到了查筑水塘的水闸下。

大约20天后，大坝护坡告竣。完工那天，抡锤的丹增接到爷爷去世的消息，孔书记和我陪丹增参加了他爷爷的葬礼。我看到拉珍把爷爷留下的东西交给了丹增后，丹增哭得更伤心了。拉珍还给了孔书记一把糖块，说是前些天她爷爷给的，让交给孔书记，还说人要知恩回报。我看到孔书记立刻剥了一颗放进嘴里，眼里含了泪水。

一个月后查筑水塘开闸放水那天比藏历年还要热闹，清清的渠水从闸门里流出来，又沿着水渠往前淌，许多人大呼着“扎西德勒”“顶多德瓦土巴秀”（愿岁岁平安吉利），向孔书记和格热献哈达。有一户人家还送来一个像木盒一样的五谷斗，斗的周围绘有彩色花纹，上面插上青稞穗和酥油塑造的彩花，斗里面盛放着酥油拌成的糌粑和炒麦粒。我说，这种斗的寓意是祈愿五谷丰登。

孔书记笑容满面：“五谷斗，好日子，永远的五谷斗，真好！”

长势喜人的青稞

གམ་པ་རྫོང་གི་ཆ་སྙོམས་ས་བབ་མཐོ་ཚད་སྨི4700ཟིན་པས། སྐྱེ་བོ་ཀུན་གྱིས་ཚེ་སྲོག་གི་འགག་སྒོར་གྲགས།

གཞི་བརྗོད་ནི་རྣམ་ཀུན་གྱི་བྱ་བ་ལས་འབྱུང་ལ། དཀའ་ངལ་ནི་ཡུན་རིང་གི་ལོ་རྒྱ་ལས་མཆེད།

ཁྱུང་སྔན་སེན་སྙིང་སྟོབས་ཀྱི་ཤུགས་རྐྱེན་དང་སྐྱུལ་སྐྱོང་འོག ངག་དབང་ཚོས་ཉིད་ཀྱིས་མཚོན་པའི་སྐབས་མི་གཅིག་པའི་རྒྱ་བོད་ལས་བྱེད་པ་དག་གིས་དཀའ་བ་དང་སྙིང་ཀྱིས་གམ་པ་གསར་པའི་འཛུགས་སྐྲུན་ལ་གཞོལ།

第三章

相融／绿叶对根的情意

孔书记对拉吉说："阿佳拉（大姐），

山上又险又冷，你身体不好，不要去了。"

没想到拉吉不同意，她说："金珠玛米在边境一线守护我们，

挨冻受苦，我要去的。"

1

孔书记的那些“巧话”，是从哪里来的呢？

喝足了水的青稞苗随风摇摆，一天一个模样。河岸、河坡，田野的路旁和沟坎到处开着粉红色、紫色、棕色的野花。

和风吹动着孔书记的长发，他的头发已有几个月没理。努穷呢，在田埂上大步走着。他们在讨论田间管理。

努穷嘟囔一句：“田间……管理？田间还需要管……理？我刚刚接受了党……管理。”

努穷一年前作为党支部重点培养的积极分子，向党组织递交了《入党志愿书》，经过一年的培养和考察，公社党支部已经批准他加入中国共产党。另外，努穷已被公社任命为亚欧生产队队长。

成了党员和队长的努穷，说话慢了许多，想一想，顿一顿，再说出口。我觉得他在学着孔书记的腔调说话呢。

孔繁森和大家一起观察庄稼长势

孔书记说："党员要管理，咱们种青稞呢，也需要管理，要分早期、中期和晚期，每个阶段都很重要。"

努穷说："我们过去种青稞，从来不考虑早中晚。"

孔书记说："田间管理是有讲究的，早期要抓好查苗、补种，保证苗全苗壮，还要查漏补缺。你看，早期已经过去了，现在是中期，要适时浇水，先浇哪一片，后浇哪一片，做到心中有数，适时不误。将苗排好队，二、三类苗要多追肥，特别是三类苗要多施一些肥，促使苗长势平衡。"

孔书记的"巧话"真多，他还对努穷说："要做到一类苗寸步不让，二类苗紧紧跟上，三类苗迎头赶上。这个阶段，除草松土也很重要，后期要浇好灌浆水。我们那儿有句老话，'三分靠种，七分靠管'。"

我赶紧掏出小本子记下来，什么"灾前防""灾来抗""灾后抢"，"争取大灾不减产，小灾保丰收”，还要发动社员群众准备充足的“防霜柴”，垒好“防霜灶”。

努穷听了孔书记的讲解，连连点头说这些方法好。

努穷照着孔书记说的，领着大家一点点地撵着时辰管理着，青稞呢，也很配合，长势喜人。

青稞将熟的那几天，地边随处可见三三两两边饮酒边打“秀”（掷骰子）的男子，他们攒足了力气，准备在开镰后大显身手。

孔书记的那些“巧话”是从哪里来的？我问过他，他说：“我其实很笨，笨鸟先飞，唯一的办法是多学习。”他进藏前参加藏语培训班，听得很认真，读得很卖力，很快掌握了 32 个藏文字母和一些常用会话。

孔书记怎么对农业这么熟悉呢？原来他上完高小后，上的是堂邑镇农业中学，除了学一些农业生产基本知识，大部分时间都在田间劳动。学校放暑假后，有一天下雨，他没下地，躺在老家的床上，盯着老房子的房顶。老家房子的顶棚是用旧报纸糊的，有《大众日报》《农村大众》等，他仰头读着那些发黄的报纸，忽然看到《农村大众》上有一篇冬季麦田管理的小稿子，他居然用剪刀把顶棚上的报纸剪了下来夹在自己的书里，给顶棚开了个天窗，结果让他二哥好一顿训。

孔书记有随时学、随时记的好习惯。我就偷偷跟着他学，也跟着记。时间长了，我脑子里、本子里也装了不少“巧话”。后来孔书记回到内地，他还参加了中央党校函授学院党政大专班的学习，那时他都四十多岁了。我们每次通信，他都嘱咐我好好学习。

活到老，学到老，这是孔书记给我的人生秘诀。一卷在手，你就有了底气。还有一点，就是孔书记教我向生活学习，生活里有智慧。幸福生活是怎么变出来的？不是从天上掉下来的，要受社会和自然规律的制约，更有一代代人的付出。党领导我们发挥主观能动性，一点点地干，从吃得饱到吃得好，从穿得暖到穿得俊，从将就到讲究。我们用足够的耐心，一直朝着文明的方向前进。

我这个翻身农奴，因为有了新中国，让我的命运翻了身，又因为有了孔书记教给我的“学习”这把钥匙，让我从精神上翻了身，我这一生是幸运的，更是幸福的。

2

“不说笑，不直腰，让汗珠子地上掉”才是门道，边割边说笑，肚子里那股气就跑了……

今年开镰的时间比往年要晚一些，原因是种植青稞的时候遇到了旱情，但青稞有福，在收割前喝上了查筑水塘里的水，吃饱了“后天饭”的青稞同样长得颗粒饱满。

青稞在藏语里叫“乃”，昌龙驻地的乃村想必就是以青稞命名的村庄。我和孔书记走在乃村的青稞田里，黄灿灿的青稞打开了他的话匣子。青稞和小麦都是重要的粮食，小麦的果实是扁平的，有外壳包裹着淡黄色的麦仁，而青稞的果实粒大，没有外壳，还带有一点点绿色。

孔书记说：“阿旺，你说青稞和小麦哪个好吃？”

我说，青稞面爽口、筋道，小麦面香中透甜，各有风味，都是好粮食。他说，是呀，山东人最看好的粮食是麦子，衡量谁家的生活好坏，要看谁家一个月能吃几回白面。但麦子也是最难伺候的，秋里播种，冬里盘墩，春上再发

孔繁森帮助农牧民收割青稞

身，初夏才抽穗，还不说施肥、拔草、浇水，要折腾大半年呢。

眼前这块青稞地有十几亩的样子，格热正领着一群人割青稞。他看到孔书记，急忙走过来说，这是乃村熟得早的一块青稞地，他组织了十几个青年人搞个会战、开个场，给农牧民们打个样，鼓鼓劲儿。孔书记说："这主意不错。"

孔书记用手指肚试试镰刀刃，说了句钝了，便在地头的磨石上来来回回磨镰刀。瞧着他娴熟的动作，格热有些不解地问："孔书记，你会割青稞吗？"

孔书记一笑："我是农民的孩子，从小就割麦子，青稞和麦子长得差不多，我当然也会割青稞了，'躬下身，拉开架，镰刀一拉握一把'。"

孔书记弯腰开割，格热和我在他两侧，小伙子们排在我们两边。

我割出十几步远，胳膊上被青稞芒扎出了密集的红点子，汗水浸过，火辣辣的，又痒又痛。

开始格热割得最快，小伙子们紧随其后，孔书记落了队。格热割了一阵子停下来喊“加油”。我真为孔书记捏了一把汗。可是，过了大约半个小时，孔书记赶了上来。等大家全都割到地头时，他已另开一垄往回割了。

格热从身后拉住他：“孔书记，你真行，厉害！”

孔书记拿着镰刀示范：“不是我厉害，是有诀窍。我刚才说的‘躬下身，拉开架，镰刀一拉握一把’是动作、架势，‘不说笑，不直腰，让汗珠子地上掉’才是门道，边割边说笑，肚子里那股气就跑了，泄劲了。边割边直腰，腰更疼，直起腰来汗水也会往眼里滚，一直低着头割，汗水就直接掉到地上了。”

孔书记的法子很受用，我看到再割时谁也不说话了，尽是“嚓嚓嚓”的镰刀声，大家割得又快又好。

快要收工了，大家一边捆青稞一边往马车上装。可是，没装多少马车就满了。孔书记告诉大家，装车是有讲究的，要先后再前，先左后右，就是先在车尾放几捆，再在车前放几捆，先在左边装几捆，再在右边装几捆，青稞穗头朝里，相互咬合，一层层叠加。果真，照他的方法，车装得像座小山一样。

孔书记说：“山东那边收麦子的时候最怕赶上大风和雹灾，眼看着到家的粮食可能会泡汤，所以，麦收也叫虎口夺粮。如果来一阵子风暴把青稞卷上天，哭都找不着地方，所以收青稞也要当天割，当天运，不能把割倒的青稞留在地里。”

天黑前，十几亩地的青稞已经堆放在场院里。这个时候，小伙子们都累得上气不接下气，有的人直接仰面朝天躺在场院里。格热叫他们起来唱歌跳舞，喊了几遍没人应，竟然响起了呼噜声。

孔书记心疼地说：“让他们歇会儿吧，咱们去准备晚餐，让他们好好吃一顿山东油饼。”

在公社食堂里，孔书记打开一袋从县里领来的小麦面粉，展示了他的烙油饼手艺。

这些藏族小伙子们从来没吃过香咸可口的山东油饼，个个狼吞虎咽。吃饱了，再喝上一碗酥油茶，晃晃膀子，又说又笑，接着唱起了歌，跳起了舞。

回到昌龙的宿舍时已经半夜，我弄了半盆盐水，让孔书记洗洗手，给割青稞时手上磨破的血泡消消炎。他说，阿旺，你是来帮我搞翻译的，跟着我遭罪了。说着扯过我的手看，我手上也有血泡，但割的青稞不如他多，血泡也少。

那晚我一觉睡到天亮，睁开眼不见了孔书记。我急忙出去找，看到在公社办公室里他正和格热商量着什么。我走进门，孔书记说，接下来就得按照咱们昨天收割、运输的办法，不能让“老虎”吃了咱的粮食。

那天上午，公社召集了各村生产队长开会，孔书记在会上把昨天收青稞的步骤一条条说得清清楚楚。

收割青稞的那十几天里，我和孔书记挨个村转。那天转到林嘎村时，遇到了一场雷阵雨，我们和芒尔仁、丹增领着村里人码垛、盖草苫。雨过天晴，又拆垛晾晒……

我们盘腿坐在场院的边上，看着眼前金灿灿的青稞，心里有种说不出的快感。丹增亮开嗓子唱：“北京的金山上光芒照四方，毛主席就是那金色的太阳……”场院里翻晒青稞的人也随声唱了起来。歌声像酵母一样，把欢笑声也激活了。

这一季，昌龙的青稞全产全收，几乎没有损坏。

几天后，格热提着一壶新青稞酿出的酒来到我们住处，倒上三碗。孔书记没有推辞，举碗就喝。格热喝了几碗酒后脸红话多，拉着孔书记的手说：“孔书记，‘热壶里倒出的奶茶是热的，诚实人说出的话是真诚的’，我信你的话，就说修水塘吧，这是我连想都不敢想的事，你干成了。”

孔书记说：“按山东的规矩，你比我大，我叫你一声老哥，咱们就是一家人。有了水塘，咱们明年再增加青稞播种面积，青稞打得吃不了，领着咱的父亲乡亲们往好日子上奔。”

格热笑声响亮：“对，咱们就是一家人！兄弟一条心，藏汉一家亲，干一碗！”

3

那句藏族谚语说得多好，“聪明人用成果说话，傻瓜才用舌头吹牛”。

收了青稞就到了牲口“贴膘”的时候，成群结队的马牛羊驴见草就吃个没够，它们最爱吃的是蒿草。蒿草根系发达，喜水，生命力强，下雪前不枯不死，是牲口离不开的口粮。昌龙蒿草最多的地方是普村的牧场，由于修建水渠引来了查筑水塘里的水，今年牧场里的蒿草到了深秋还绿黄相间，片片相连。

尽管巴旺爷爷有老寒腿，但是他坐不住，爱在牧场里转。他望着牧场里满眼的好草，常常理着胡子夸赞那个领头修水塘的奔布拉。他对村里人说：“我第一次见到这个奔布拉，竟然叫他回去吧，没想到，他来昌龙半年就把水塘修起来了。‘虎的斑纹在外，人的斑纹在内’，他的‘斑纹’像金子一样，能让人过上天堂一样的日子。”

今天那个修水塘的奔布拉背着药箱向牧场走来了。那晚在查筑水塘大坝上抗洪抢险时，孔书记就记住了巴旺爷爷的老寒腿。

埋头吃草的岗巴黑绵羊

孔书记提着一袋晒干的艾草绳，背着药箱出了公社大院，他拍拍药箱说，这可是个宝贝，他当年在济南当兵时，与部队上一家解放军医院的一位老军医很投缘，他佩服老军医一根银针为好多战士治好了病，老军医喜欢他好学，一来二往成了忘年交，私下里给他讲了许多医疗知识，还教他针灸的针法。

他说，他的针法是从西瓜上练出来的。那时候老军医先给他列了张单子，上面是人体的300多个穴位，还对应着哪个穴位治哪种病。待他全背下来，又让他买了个大西瓜，在上面画上人体的各个穴位，让他练针灸的针法。后来，他从部队复员时老军医送给了他这个药箱。

他打开药箱给我看，药箱里分两层，上层是两小瓶红汞、碘酒和几块纱布、一盒药棉，一个长条形的铝盒里装了一支玻璃针筒；下层装的是地塞米松、止痛片等常用药品，还有一个精致的小铝盒，里面装了几十根针灸用的银

孔繁森在工作之余为牧民看病

针。他说，银针是我带来的，这些药是我从县里开了介绍信，找岗巴县人民医院内科医生土登买的。

有时县医院药品紧张，他就去隔壁的西藏军区岗巴情报站和岗巴二营找一些常用药，无论是从县医院，还是从驻地部队获得的这些药品，都是他自己掏腰包付钱。有时候，他就拿几包感冒药，对方不收钱。他放下药品生气地说，如果是这样，他就不要了。对方没办法，只好照实收下他的钱。他每一次下乡都要准备近百元钱的药品，给农牧民们把脉、听诊、配药，直到药品发完为止。

记得有一天夜里 12 点，门外响起一阵急促的敲门声，开门一看是亚欧大队的努穷，他焦急地说："我的老婆咳嗽，气急，嘴唇发紫……"孔书记一听，马上穿上衣服，背起药箱，拉上我，就往努穷家跑，踉跄着跑了五六里路才到病人家……直到下半夜，病人的病情终于有了好转。这件事，在村里一直流传着，说是昌龙来了一位会看病的奔布拉。

走在路上，我问孔书记，巴旺爷爷多年的老寒腿怕是不好治吧？

孔书记对我说，他在部队时，老军医曾告诉他，针灸可治老寒腿，但针是针、灸是灸，针刺疗法是通过扎针刺激人体穴位，灸法则是通过燃烧艾叶，利用艾叶的温热性质和药物成分刺激人体穴位，以达到疏通经络、行气活血的目的。如果把针与灸绑在一块联合治疗，效果会更好。他刚从部队复员时，村里也有位老人是老寒腿，到了冬天就疼得不能下地，孔书记就用了联合治疗的办法：在村北的沟里找了些艾草，拧成绳晾干；给病人扎完针后，再点燃艾熏灸扎后的穴位。治疗了几次老人的症状明显减轻，后来竟能下地干活了。

孔书记也想用联合疗法给巴旺爷爷治老寒腿，可他去过昌龙多个村庄的河沟，都没有寻到艾草，查了医书才知道，艾草一般生长在低海拔或者中海拔地区，昌龙当然看不见艾草的踪影。他就给老家的妻子写信，让寄些拧成绳的艾草来。昨天，他不光收到了干艾草，还有一大包干豆角。今天一大早，他就拉上我来到了牧场。

进了牧场，上百只羊在埋头吃草，发出“噗噗噗”的声音。其实，岗巴羊长得并不出众，眼大微突出，鼻梁稍隆起，头部、眼周围和两颊有褐色、黑色、棕色的斑块，腿短肚大。

巴旺爷爷一瘸一拐地从羊群里走出来，他身后跟着一只硕大的藏獒，却名叫“小獒”。他双手合十，把我们让进牧场里的一间屋子。知道孔书记是来给他治老寒腿时，他激动得手有些发抖：“真没想到，你还记得我的老寒腿，菩萨保佑，让我遇到了好人。”

孔书记说：“咋能忘呢，水塘抗洪抢险多亏这里的牧草，也多亏你提醒麻袋装土，打开了我的思路。”

巴旺爷爷看着孔书记的药箱面露愧色：“你刚来那天，我的眼睛被沙土迷了。”

孔书记说：“我还得感谢你给我提了个醒呢，那句藏族谚语说得多好，‘聪明人用成果说话，傻瓜才用舌头吹牛’。”

孔书记说着用热水给老人洗了腿，擦干后用碘酒消毒，又给他每条腿上扎了七八根银针。巴旺爷爷说，他腿一疼就想起那年冬天，差点儿把命丢在山里。他抚摸着身边的小獒，讲起了那段往事。

3年前快到藏历年的时候，他去放牧生产队里的200多只羊。按理说，一个人最多能放100多只羊，可他有勇猛听话的小獒帮忙，放了200多只，成了昌龙放羊最多的人。

那时，近处草少，他赶着羊群到了曲登尼玛冰川北面的山里。那里暴风来得急，雪也下得快，转眼间地上的雪就没了小腿。他急忙赶着羊往回走，可风雪太大，羊群挤成团，他挥着鞭子羊也不听，小獒咆哮着，羊也不理，聚成团走得很慢。更要命的是他迷路了，本来小獒是拉着他的裤脚向另一个方向走，但他没听它的，小獒急得对天长嚎。他以为是它糊涂了，训斥了它，它只好委屈地顺从主人，继续照看着羊群。

眼前白茫茫的雪望不到边，叫天天不应，叫地地不灵。走了一天，不知道走向哪里。夜里，雪还在下，风还在吼，人和动物都饥肠辘辘，走投无路。小獒来到他跟前，咬着他的裤腿示意他不要再前行了。他来到羊群前，就着雪光看到一条河，河的边缘结着冰，河心却淌着湍急的水。他和羊群必须要过河，不然这里会成为他们的坟墓。小獒打头阵，从水中冲到对岸，羊们却连连后退。他挥起羊鞭，羊情愿挨打也不愿过河。他抱起一只羊过河，冰冷的河水像针扎在骨头缝里，疼痛难忍。他咬咬牙，大喊一声“菩萨保佑，山神保佑啊”，就这样喊着叫着，把一只只羊往对岸抱，等抱到第50只的时候，腿上已感觉不到疼痛，渐渐地，腿没了知觉，像不是自己的一样。等他抱完200多只羊后，一下子倒在雪地上。

不知过了多久，他醒了，被羊群围在中间，小獒用舌头舔着他的脸。他看到挤在一起的羊群被雪盖住了，小獒用肚子上的毛护着他的脸。他想，再不走，都会被雪埋掉，就用牧羊鞭支撑着身体往前走。老天有眼，天放亮时他们走进了一个山洞。

巴旺爷爷讲着，小獒像是听懂了他的话，忧郁的眼神看向门外的羊群。

孔书记为他拔了针，又点燃几节艾草绳，熏灸扎过针的穴位。

巴旺爷爷接着说，那是个救命的山洞，山洞很大，能容纳整个羊群。他在洞口准备点火取暖，一摸身上的火柴过河时浸湿了。幸亏他身上还有火镰，又在洞里好不容易找到了一团干草。他在一块石头上划火镰，划一下火花乱闪，不知划了多少下，那团草冒出了烟，他用嘴轻轻地吹，终于跳出了火苗。有了火，山洞里暖了许多，羊身上水淋淋的毛渐渐干燥。

在山洞里待了一天，最难以忍受的是饥饿，他扒开洞口处的雪，找一星半点儿的干草喂羊。小獒太懂事了，一直不吃不喝守着他。

雪停了，天晴了，刺眼的阳光照得睁不开眼睛。他按照太阳升起的地方，估量出了昌龙的方向，赶着羊群往回走。走了半天，遇见了公社派出的救援队。原来，他和羊群一直在喜马拉雅山的北坡上打转儿。清点羊群，只损失了几只弱小的羊。后来公社开会表彰他是护羊英雄，私下里还有许多人叫他“牧羊神”。可是，从那以后，这老寒腿的病根就落下了。

孔书记说：“老人家，你可真了不起，一个人带一条狗保住了集体的200只羊，你是个英雄‘牧羊神’，不过这几年老寒腿也让你遭罪了。”

巴旺爷爷说：“我这腿没有什么好法子治，有人让我到寺庙里求神，我去了几回，还‘请’了转经轮，腿还是疼。又有人说那个救命的山洞是个神洞，让我到那里拜山神，我和加央也骑马去了，来回路远又遭了寒气，疼得更厉害了。”

孔书记说：“求神拜佛是一种祈福，祈祷去病消灾没有错，但也得进行治疗。”

巴旺爷爷说："治了，我到公社诊所看过病，大夫说，老寒腿是一种慢性病，不好治，就给了我一些止痛片，开始吃还顶用，吃久了也不管事了，只能忍着。"

灸完，孔书记让巴旺爷爷起身走几步。巴旺爷爷说腿上热乎乎的，舒服多了。孔书记说，这病得慢慢治，他以后每个月会来几回，会有效果的。准备返回时，孔书记把一捆干豆角送给他，说，这是山东菜，先用开水泡一会，用锅炒，再炖，比肉都香。

没想到，这时加央领着他的妹妹拉姆来了，怀里还抱着一桶青稞酒。加央见到孔书记，先是一惊，看到孔书记身上的药箱明白过来，拉着孔书记的手不撒开，一定要让我们尝尝他酿的青稞酒。

孔书记看到拉姆，说，这不是公社小学那个唱歌的大眼睛小姑娘吗？拉姆有些害羞地点了点头。我和孔书记在公社小学调研时听过她唱的歌，还向她竖起了大拇指。

孔书记对巴旺爷爷说，你这孙女一看就聪明，和我的大闺女差不了几岁，以后就让她叫我叔叔吧。拉姆用汉语说"孔叔叔好"。大家还为机智的拉姆鼓掌。

巴旺爷爷说，孙子孙女住在村里，隔一段日子就会给他送桶酒或酥油茶。藏族人心直，巴旺爷爷又说，两个孩子的阿爸阿妈前些年有病过世了，他们三人就一块过日子，这孙子孙女比儿女还孝顺哩。加央是放牧种地的好手，拉姆在学校也是优等生，菩萨保佑啊。难得今天聚了这么多人，咱们吃着山东菜，喝着藏族酒说说话吧。

藏族人没有吃蔬菜的习惯，藏文里也没有"蔬菜"这个概念。几千年来，西藏人以青稞为主食，不吃蔬菜，我们心目中的菜是牛羊肉或萝卜、土豆。孔书记把干豆角泡好，还加了巴旺爷爷的腌羊肉，烧好后满屋生香。

说来不怕您笑话，二十多年前，我从岗巴到日喀则亲戚家，平生第一次

今日岗巴县温室蔬菜种植基地里的黄瓜

见到黄瓜。我以为黄瓜都是片状的，不是一根一根的。因为我第一眼看到的是切成片的黄瓜，上面覆盖着白色的蒜末以及暗色的醋和酱油，平铺在白色的搪瓷盘子上。这种颜色鲜艳的食物让我无比好奇，却不敢动筷子。我当年吃到的黄瓜是山东援藏干部帮着种的，如今黄瓜已经司空见惯了。我见到山东援藏干部，就觉得很亲切，他们跟孔书记一样的朴实。

4

孔书记把孩子平放到床板上，先用手捏着孩子的鼻子，然后用自己的嘴包着孩子的嘴，用力吸着，将痰液吸出，一口、两口、三口……

雪说来就来了。刮了几场北风，先是撵走了秋天，雪继而在一个夜晚铺天盖地落了下来。

天刚放亮，孔书记冒着大雪来到乃村村口的小山包上，看到牧场、河流、村庄、田野都裹在了雪里。他说，这雪再下就成灾了，得预防。他找到格热，让格热给各村下通知，做好应对雪灾的准备。还让我写了一篇如何预防雪灾的稿子，在公社大喇叭一遍一遍地播放。

这场雪的“后劲”大，又下了一天一夜，且北风加大，气温陡降。孔书记急了，拿起电话向县委值班室报告了昌龙的雪灾情况，请求县里支援昌龙一些食品、棉衣、药品和火柴等救灾急需品。接着，他和格热决定，马上带着公社仓库里的棉衣和糌粑分头走访贫困户，再把备用草料分批送往各个牧场。

应对雪灾最重要的是保障人畜安全。下午，送物资的人陆续返回，没有发

孔繁森和同事风餐露宿，艰难跋涉在抗击雪灾的路上

现人畜伤亡，大家松了一口气。心细的孔书记又问，各村的贫困户是不是全部查看了？有人说，乃村西北的山上还有几户，路陡风大上不去。孔书记轻轻地摇了摇头，说："一户也不能落下，我们必须去。"

孔书记和我骑了两匹马，马上还驮了糌粑和棉衣。雪把山路全覆盖了，只能凭着感觉往半山腰上几户人家的方向走。坡陡骑不了马，便拉着马缰往上攀。攀了一阵子，雪小了，风却大得噎人，他的棉帽子被风吹到山沟里，瞬间不见了踪影，他索性把围巾展开包在头上。我看他裹着件露着棉花的军大衣，头上包着围巾，像个流浪汉，忍不住笑了。

摸爬滚打 3 个小时，终于来到半山腰上的一户人家。我看到一个中年男人披了床破棉被正在屋檐下给一只羊羔喂糌粑糊糊，喂完后羊羔嘴角残留的糌粑糊糊，他顺手用手指抹到自己的嘴里。

孔书记蹲下身问：“句叫（大哥），家里还有吃的吗？”

他的妻子从屋里拿出个小面袋说：“你看看，就够全家喝顿糊糊了，本想到乃村找人赊点儿糌粑，可大雪封山了，去不成了。”

孔书记说：“那也得先保人再保牲畜。”

中年男人说：“人饿了，挺一挺能过去，可没奶吃的羊羔会饿死，羊是一家人活下去的依靠呀。”

我看到孔书记的眼圈发红了，他起身从马上搬下一袋糌粑交给那男人。

这时，屋里传来了孩子的哭声。孔书记掀开门帘进去，见木板搭的床上一个三四岁的孩子在不停地哭，哭几声后好像喉咙被卡住了，不停地“咳咳咳”，小脸憋得发青。中年女人抱起孩子，用手拍着孩子的后背，边拍边叫着：“仁青不哭，阿妈这就给煮糌粑喝。”

孔书记说，这孩子有危险，便飞快从马背上取来药箱，拿出听诊器在孩子前胸后背仔细地听，而后又掰开孩子的嘴看喉咙：“喉咙里有痰，得快点儿吸出来。”

此时孩子的哭声已微弱，嘴唇发紫。孔书记弯下腰，双手抱着孩子，把他平放到床板上，先用手捏着孩子的鼻子，然后用自己的嘴包着孩子的嘴，用力吸着，将痰液吸出，一口、两口、三口……他吐掉又接着吸，直到小仁青发出哭声。

我看到这一幕，惊呆了，除了自己的孩子有谁能嘴对着嘴把痰给吸出来。说真话，换我，我做不到。

孩子的阿爸和阿妈扑通一声跪在了孔书记面前，不停地作揖磕头：“你是个好曼巴（医生）！活菩萨！”

孔书记说：“我不是菩萨，是名共产党的干部。”

听罢，两口子又转身对着墙上贴的毛主席像作揖磕头。男人说：“仁青是共产党救的，共产党长什么样？和毛主席一样吗？”

孔书记想了想说："共产党像太阳，照到哪里哪里亮。"

两口子又跑到院子里对着被云遮住的太阳方向作揖磕头。

孔书记又包了几包消炎药片，嘱咐他们一天三次给孩子吃药。

回来的路上孔书记对我说："多么朴实真诚的藏族同胞呀，不帮他们良心会不安，会有负罪感。"

我和孔书记离开仁青家后分成两路，他让我到另外一个村子了解情况，看有没有吃不上饭的贫困户，他自己要到巴旺爷爷的牧场看看雪灾造成的损失，还要给老人针灸，他担心天寒地冻老人的老寒腿又会加重。

后来我知道，在去往巴旺爷爷的牧场的路上，马失前蹄栽进了雪沟，孔书记从马上摔了下来。他的一只脚被套在马镫上，人被拖出了很远，在被一根树桩挡了下来后他昏死过去。不知过了多久，巴旺爷爷的孙子加央看到了他。

那天，加央也是担心爷爷的老寒腿，就背着一壶青稞酒从普村往牧场走，雪还在一个劲儿地下，风也刮得紧，他走得很吃力，也很慢。离牧场还有二三里路时，他看见一匹受惊的马往昌龙方向跑去，一会儿就消失在雪野上。他又往前走，看到雪窝里伸出两只手，吓了一跳，赶忙走过去抓住那双冰凉的手，用力拖出来。一看，竟是肩上还背着药箱的孔书记。他晃着昏迷的孔书记，孔书记没有反应。他背起孔书记想送到公社卫生所，奈何雪太深，走不了几步，他俩一块儿倒在雪地上。他爬着拖着孔书记一寸寸地挪，边走边喊着"快来救人！"

亚欧村几个出门串亲的青年人听到了喊声，他们先把孔书记抬到村里，一个青年卸下自家的门板，垫了卡垫，把孔书记放到上面，又给他盖了一床棉被，急匆匆抬往公社卫生所。

我赶到卫生所时，孔书记还在昏迷中。医生说，他摔得很重，伤口又冻了，最怕脑子出问题，得快些转到岗巴县人民医院。风雪大，马车走不了，怎么办？我征询几个青年人的意见，他们一拍胸膛说，孔书记是昌龙的菩萨奔布拉，我们把他抬到岗巴去。说着，几个青年人抬起他就走。

我们共 8 个人，分成两组，轮着抬门板，在风雪中奔向岗巴县城。

走到半夜，迎面是一条千米长的陡坡，坡的两侧是悬崖，平日里骑马上这个坡也上不去，只能牵着马吃力地上。今天雪中路滑，又抬着门板上，走起来更是艰难。我们小心翼翼地试探着上坡，走一步滑半步，好不容易走了几十米，一不小心，人和门板一下子又滑到了坡底。再试，再滑，大家趴在雪地上没了主意。这是通往岗巴唯一的路，改道是不可能的，怎么办？

后来我想了个办法，前后各 4 个人趴在地上往坡上爬，前面的人用绳子拉着担架，后面的人用一只手推，让担架像雪橇一样缓缓前行。爬上几百米，我们个个累得气喘吁吁。看着昏迷中的孔书记，我心急如焚，就给大家鼓劲说，救人一命胜造七级浮屠，何况咱们救的是一个好心的奔布拉，佛祖也会感谢咱们。

从昌龙一直走到岗巴，60 里的路我们走了一夜，没吃没喝没人掉队，第二天早上把孔书记抬到岗巴县人民医院的土登医生面前时，大家累得全都瘫倒在地上。

吸氧，输液，处理伤口。

下午，孔书记苏醒了。他还以为自己在巴旺爷爷的牧场，让我快些把巴旺爷爷叫过来针灸。当我把昨天发生的事一五一十告诉他后，他的泪水从眼角不住地往下淌，哽咽着说：“我的命是藏族兄弟捡回来的！”

等他平静些后，又对我说了很多话：“我想了很多，父母从小把我拉扯大，我还没来得及回报，父亲先走了，老母亲也没有享过什么福。我和媳妇结婚后，她包了家里的全部农活，还养着 3 个孩子，受的苦真不少。我想啊，老母亲还在，我还得为她养老送终，孩子们还小，还得抚养成人呢。我害怕，我不能死，我还没完成任务。我死了，就是不孝啊，就是早退啊。”

孔书记难得躺下来，这次在病床上，跟我说了不少。他说：“刚来岗巴那阵子，头发脱落，口腔溃疡，流鼻血，嘴唇开裂，这些还不要紧，最头疼的是睡不着觉。憋得难受的时候，我就悄悄地起来写遗书。写了一页又一页，早晨起来就撕掉，第二天睡不着接着写。一页一页写了，再撕掉。有时候睡不着了，就在院子里走，一圈儿一圈儿地在院子里走，我看着天上的月亮，一点儿一点儿地圆了缺了，大了小了。我在想，人活着到底是为了什么？我为什么要来？有时盯着雪山，看着那皑皑白雪，听着鸟叫，我也恍惚，有时候突然找不到自己了，自己到底干了些什么呢？有时候，我羡慕鸟儿，想飞到哪儿就飞到哪儿，多么好，多么自由，可是人有那么多牵挂，有那么多羁绊。”

我让孔书记慢点儿说，可他越说越快，越说越激动：“我也觉得累，我也有打退堂鼓的时候，畏难情绪说来就来，特别是深夜里。我就想，我是战士啊，我是党员啊，流点儿汗，流点儿泪，吃点儿苦，这有什么呢？再坚持一会儿，再坚持一会儿就过去了，总有人要干事，操心的事总得有人干啊，都不干，那社会怎么发展？入党的时候不是说了，时刻准备着献出自己的一切嘛，怎么把这些都忘了呢？我是普通人，但受党教育多年，又在部队大熔炉里锻炼了这么多年，还有什么克服不了的困难？坚持坚持，困难不可怕，一点儿也不可怕。有老母亲保佑，有这么多好人帮扶、保佑，我死不了，我的命硬着呢。再说了，这次援藏是党派我来的，有些人想来还来不了呢。我还不到四十岁，正好是干事的时候。也许这是我生命中最耀眼的时候呢。”

孔书记把我当成了知心人，说的全是体己的话。

30 年后，我在孔书记救回仁青的那个山口上，见到了正在放羊的仁青，他已是两个孩子的父亲。他把我领到家里，他的父母已白发苍苍，一遍遍重复着当年孔书记吸痰抢救仁青的事。

仁青问我孔书记咋没来。我说，他走了，再也回不来了。他不信，又急切地问我是不是升天了。我说是去世了。泪水瞬间从他的眼里哗地流了出来。

仁青声音颤抖：“我天天在这里放羊，巴望着有一天能见到他，给他磕个头，是他给了我第二条命，他是我的救命恩人哪……天上也缺好人呐，我会到寺庙为他点灯祝愿，让他早些回来啊！快回来吧，孔书记！”

5 /

忽然发现孔书记不见了，我急忙在屋里屋外找，正要问值勤的岗哨，发现岗哨竟是他，他笔挺地站立着，目视前方……

快到藏历年，一大早我就给孔书记讲藏族人过藏历年的年俗。

岗巴人为了迎接藏历年，从藏历十二月初便开始准备供过年吃、穿、玩、用的东西。这时家家户户开始在水盆中浸泡青稞种子，培育青苗，藏历年初一那天，要将长了一两寸的青苗摆于佛龛茶几之上，预祝新年粮食丰收。藏历十二月中旬，家家户户准备酥油和白面，陆续炸“卡塞”（油果子），有耳朵状的“苦过”，有长条形的“那夏”，有大麻花似的“木东”，有圆盘状的“不鲁”，还有勺子形的“宾多”。

藏历十二月二十九日晚是“古突夜”，这类似于汉族人过年时的除夕夜。晚饭前，要在打扫干净的灶房正中墙上，用干面粉画上“八吉祥徽”（有8种吉祥物的祥徽），在大门上用石灰粉画上象征吉祥、永恒的“卍”符号（藏语称为“雍仲”，象征吉祥如意），有的人在自家的房梁上画很多的白点，表示

岗巴县人民欢度藏历年

人寿粮丰。

晚饭各家都要吃“古突”(“古”即“九”表示二十九日，“突”意为“面糊”)。“古突”里会包着多种东西，有石子、辣椒、木炭、羊毛等物。吃到包有石子的面团，预示新的一年里他的心肠硬；吃到木炭预示心黑；吃到辣椒表示嘴

如刀；吃到羊毛说明心肠软。吃到这些东西的人，都要即席吐出，这往往引起哄堂大笑，以助节日之兴。古突之夜，各家根据经济条件，在佛像前摆好各种食品，准备好节日的新装。家庭主妇煮好“簪锅”（放有红糖、碎奶渣、糌粑、人参果等熬成的热青稞酒），初一早上天刚亮就送到家人面前，让他们喝。

大年初一，家庭主妇最先起床，洗漱完毕，到井里打上第一桶水，喂饱牲畜后回屋唤醒家人。全家人穿好新衣服后，按辈分排位坐定，长辈端来五谷斗，每人都先抓上几粒，向天上撒去表示祭神，接着依次抓一点儿送进自己的嘴里。这时，长辈依次向晚辈祝福“扎西德勒”，后辈回贺：“顶多德瓦吐巴秀（愿岁岁平安吉利）。”举行过新年仪式后，便吃青稞片、“突巴”（面糊）和酥油煮的人参果，互敬青稞酒。这一天，全家闭门欢聚。从初二开始亲戚好友之间互相拜年，持续3至5天。

新年里，孩子们燃放鞭炮，成年人喝青稞酒、酥油茶，互相祝福，尽情欢乐。城乡表演藏戏、跳锅庄和弦子舞。牧民们点燃熊熊篝火，通宵达旦地尽情歌舞。节日期间，民间还有角力、投掷、拔河、跑马射箭等一系列活动。

我娓娓道来，孔书记的脸上却露出了难色。他说，过年热闹，可也是过关呀，过去欠租、负债的人必须在这时清偿债务，所以过年像过关一样。现在岗巴人的日子还不好过，又刚过了雪灾，有的农牧民过年也像过关呢，我们还是准备走访走访贫困农牧民吧。

我提醒他，按规定你可以回聊城过年，走访的事有格热呢，你还是回趟家看看老母亲和孩子们。他说："屁股还没坐热就往家里跑，不合适。再说，来来回回得一个月，回去又要醉氧，折腾不起，还是等明年吧。"我说："你不想家吗？"他说："人心都是肉长的，哪能不想，记得当兵的时候一到过年想家想得睡不着觉。"说到这里，他突然让我给县里写个申请，到查果拉哨所慰问部队的指战员。

昌龙之南是喜马拉雅山，喜马拉雅山第七峰是查果拉山，山上有个查果拉哨所。这个"世界屋脊"上最高的哨所，海拔 5318 米。有"查果拉查果拉，伸手把天抓"的说法，"查果拉"的藏语意思是"鲜花盛开的地方"，但这里几乎看不到一草一木，更不用说鲜花了。哨所驻地的氧气含量只有平原地区的三分之一，年平均气温在 -10℃左右。盛夏时，这里的鸡蛋也会冻得梆硬，得用锤子砸开。查果拉常年风雪猛烈，五天就要换一面国旗。边防官兵担负着查果拉、控扬米和西西拉三大山口的巡逻任务，每个山口海拔都在 5500 米以上，途中要爬雪山、蹚冰河、越险滩，其难度可以想象。

几天后，县里批准了孔书记带着电影放映队到查果拉哨所慰问的申请，格热、拉吉夫妇知道了，从家里装了两口袋糌粑也要与我们同行。孔书记对拉吉说："阿佳拉（大姐），山上又险又冷，你身体不好，不要去了。"没想到拉吉不同意，她说："金珠玛米（拥有菩萨心肠的救苦救难的兵）在边境一线守护我们，挨冻受苦，我要去的。"

慰问的马队出发了。望着眼前的雪山，孔书记说，1950 年 3 月，以十八军为主力的进藏部队走过几千公里的路程，翻过十几座海拔 4500 米以上的雪山，跨过几十条大小冰河，穿越渺无人烟的原始森林和沼泽草原，终于到达了西藏。他们用汗水、鲜血乃至生命，修通了总长 3400 多公里的青藏、川藏两条公路，可以说，每一公里都有一个感天动地的故事。在大雪纷飞、寒风凛冽的野外，战士们磨秃了千万根钢钎和铁锹，手上常常裂开一道道血口，裂口在打钎炸石中出血、愈合又裂开。川藏公路修到通麦和鲁朗之间的帕隆时，有一个排在石崖上，用绳子吊起来打炮眼，“咣当”一声，绳子断了，整个排都掉到江水里被冲走了，无一人生还。后来的战士们提出震撼人心的口号：“让高山低头，叫河水让路。”前前后后，有3000多名解放军指战员长眠在这里……

1962年8月，一支身穿绿色军装、扛着红旗的队伍，迎着纷飞的大雪，沿着荒无人迹的山坡向查果拉山进发。凭着一颗红心、两口铁锅、三顶帐篷，第一批查果拉官兵就在这里安了家。这就是我们今天要去的查果拉哨所。

太阳西坠时，我们看到了冰峰之上赭黄色的哨楼和猎猎飘展的五星红旗，还有笔挺站立、手握钢枪的哨兵。墙上是“没有牺牲不得的己利，没有忍耐不住的寂苦，没有战胜不了的困难”的标语。天上见不到一只飞鸟，周围雪山绵延，银装素裹，刺骨的寒风像刀子割着人的脸。

查果拉哨所官兵正在对党旗宣誓

战士们列队迎候，像迎接远道而来的亲人。孔书记打了个标准的军礼后与战士们握手拥抱。进屋后，孔书记手捧战士们送来的酥油茶，听着战士们讲述哨所的故事。

一位年轻战士说，踏上查果拉山，首先面临的是高反，头痛腹胀腿软，吃不下饭，睡不着觉。每天还要从几里外背来冰块，融水做饭，气压低，沸点才60℃，没有高压锅，煮出的饭不是生就是糊。

一位老战士说，风大雪大，常年冰雪不化。我们之前住的是帐篷，睡的是地铺，吃的是夹生饭，喝的是冰化水。我们几年没有吃过一次新鲜蔬菜和水果，没有看过一场电影，没有洗过一次澡。由于天气太冷，很多人的腿都冻坏了，甚至有的战友不得不将冻坏的双腿锯掉……

有位战士骄傲地说，查果拉周围一片冰雪，没有可用的土，我们到20多里以外的地方背土上山，打土坯建房屋，经过几个月的劳动，终于建造了简易宿舍、食堂，还有一个篮球场。

…………

我看到格热双手合十，拉吉的眼角挂了泪水。

孔书记动情地说："战友们，我也是名老兵，没有你们受的苦大，向你们学习！"

战士们说："当兵守边防，天经地义，是我们应该做的。""苦是苦了些，可心里舒坦呀，只要全国人民能安心搞建设，我们这点儿苦算啥？"

你一言我一言，有个战士竟说起了他们自己编的顺口溜：

天上无飞鸟，
地上不长草；
风吹石头跑，
氧气吃不饱；

六月雪花飘，

四季穿棉袄。

安家在雪山，

脚踏云雾间；

沙石击面痛，

风雪刺骨寒；

心为人民乐，

愿与艰苦伴。

战士说罢，拉吉也唱起了《心中的歌儿献给解放军》。在我的记忆里年近50岁的拉吉并不识字，但歌词记得那么准确。格热听着也随声唱了起来，孔书记和战士们也跟着唱了起来，独唱变成了合唱。

放电影的时候已是夜里10点多钟，先放的是《奇袭白虎团》，战士们看得如痴如醉。接着再放《白毛女》，当喜儿在风雪中唱着："北风那个吹，雪花那个飘，雪花那个飘飘，年来到……"时，我看到许多战士流下了眼泪。

这时我忽然发现孔书记不见了，打了个激灵，哨所那边就是印度，万一出事了不得。我急忙屋里屋外地找，还是不见他。我跑到大门外，正要问值勤的岗哨，发现岗哨竟是他，他笔挺地站立着，目视前方，与哨兵没有两样，只是他那顶帽子上没有帽徽，眉毛和鼻孔周围已结了冰花。他冲我笑笑说："我替小战士站岗，让他去看电影了。"

电影放完时，一个小战士被连长拉到门外的哨位前训斥："你为什么脱离岗位？"孔书记马上给连长打了个敬礼说："报告连长，责任全在我，我接的岗，我也是名老兵，也是名战士。"

连长苦笑着摇摇头，还了个军礼："对不起，首长！"

我看到孔书记的手套都粘在了钢枪上，手脚都冻得不听使唤了，我赶忙扶着他走进营房。

第二天，和查果拉告别的时候，突来一阵风雪，为我们一行的离别平添了一份悲壮。风雪中，孔书记和列队的指战员们逐个握手，面对战士们的军礼，他很自然地举手还礼。

“几年没有吃过一次新鲜蔬菜和水果”，那位战士的话让孔书记记在了心里，回昌龙后他连夜给妻子写信，说了查果拉哨所战士们的艰苦，要求多寄些干茄子、干豆角来。此后，每次寄来蔬菜，他就骑马去哨所送给战士们。有一次，临别时，他提出要去看看那些牺牲战友的墓地。连长把他领到哨所边一个大雪堆旁，孔书记跪了下来……

回县城的路上，他写下了一首诗：

多少人民血，
换来边关宁。
思之立壮志，
虽苦有笑声。

第四章

唤醒/打开高原上的『噶乌』

昌龙人高高兴兴、快快乐乐地种地放牧，

琴声解忧，歌声解闷，鼓声解乏，

藏戏声声增干劲儿。

1

孔书记一听藏戏眼睛一亮：“好，我们当这个媒人，这就去保大媒。”

春播节是藏族的传统节日，又叫播种节、试种节、开耕节，本是试套的意思，是给第一次学耕地的小牛套上轭木，试耕土地，在每年正月的一个吉祥日举行仪式。在播种节前三四天，家家要酿青稞酒，给牲畜准备好装饰品。

1980年，岗巴昌龙的春播节选在了查筑水塘下那片开阔的土地上。

早上，孔书记刮了胡子，穿上那件平时舍不得穿的灰色中山装，来到了查筑水塘的大坝上。远眺，雪山绵延，气势磅礴；近观，塘里的水像一块碧绿的翡翠，泛着柔和的光泽。孔书记和格热打开闸门，清凌凌的水流到渠里，一路蜿蜒流向3000多亩农田和2万多亩草场。

这年是农历的庚申猴年，属相是猴的人是春播节的主角。开始，几个属猴的男人向开耕的方向烧香祭祀，竖经幡，高唱颂词，准备开耕。接着，12名属猴的人2人一组，牵着6头牦牛来到田里，给牛套上犁具。

这一天牵来的牦牛不一般，是经过“选美比赛”层层挑选出来的村里最高大、最有力气的牦牛。接着对它们进行精心打扮，头上顶的、背上背的、耳朵上挂的、尾巴上拴的，是用羊毛做成的五色璎珞，黄、绿、红、白、蓝五种寓意着吉祥的颜色加在了一起。为表达对牛的礼赞，还要在牦牛角上抹酥油，并给牦牛喂食糌粑、青稞酒。

风吹璎珞，五彩飘动，牦牛俨然是一个个威风凛凛的勇士。

春播节开始了，牦牛们已急不可耐，四蹄踏地拉起锋锐的铁犁，疏松的土地在它们身后翻卷起泥土的浪花……欢笑声、吆喝声、口哨声如风雨般袭来。这场面热闹、喜庆，激动人心，真是乐翻了天。

孔书记对大家说：“我也属猴啊！”

话一出口，属猴的人都欢呼着围住了他，希望由他来挥鞭。他先拿过鞭子，象征性地甩了一下。孔书记心软，不舍得打牛。

查筑水塘几万立方米的水，给农牧民吃了“定心丸”，大家不用再担心青稞因旱情种不上、出不了芽。孔书记怕他们光等着老天爷来送糌粑和青稞酒，于是说：“我想了好几天了，觉得应该成立个农牧业技术服务队，让技术员们到每个村去传授种植和饲养技术。你觉得怎么样？”

我说，这招好。心里也真佩服他的决策，要知道当时整个岗巴也没有一个农牧业服务机构。孔书记的话一下子点醒了我，他在悄悄改变着我，改变着这里的农牧民，我仿佛回到了在西藏民族学院上大学的时候，在不断地获取着知识。

当天晚上，孔书记与格热商量了成立农牧业技术服务队的事。

格热说了一串不同意的理由：老一辈种青稞一年去两趟，第一趟种，第二趟收，收多少得听老天爷的，现在咱们中间还除草，又有了水塘里的水，青稞的收成错不了。养牲口更不用担心，有了好水好草，闹不了什么病。这样的话，农技队不就是聋子的耳朵了？再说，公社里的人一个萝卜顶一个坑，技术员到哪里去找？

孔书记说：“毛主席提出的‘农业八字宪法’还记得不？”

格热一字一句地说：“土、肥、水、种、密、保、管、工。”格热又想了想，有些尴尬：“咱就占了一个‘水’字，还是借了查筑水塘的光。”

孔书记问他：“这一个字能保得了丰收吗？”

格热觉得在理，于是点了点头：“行，我同意干，可技术员从哪里来呢？”

《八字宪法的农谚解说》封面

孔书记笑笑：“人选我也想好了，得征求你的意见。你还记得修水塘时青年突击队里那个会唱歌的曲松吗？当时我就问过他，他是初中毕业的，让他当农业技术员；还有林嘎村那个爱马的丹增，就让他当牧业技术员。我和阿旺当业余辅导员，我管农他管牧，你兼职当队长，现学现卖，边学边干，怎么样？”

格热说：“你真不愧是个大奔布拉！全县还没听说有这种服务队，昌龙又打响了‘第一炮’，就这么干！”

孔书记干事有军人的作风——麻利，当天晚上临睡前就和我商量要买些书，有种青稞的，还有养殖的，列了满满两张纸。第二天一大早，我快马加鞭，到日喀则的新华书店去买书，一包书背在肩上，两天后回到了昌龙的宿舍。进门一看，丹增和曲松已在屋里。孔书记正在用白纸给他们订笔记本，格热正在点牛粪生火，准备烧水做晚饭。

两个“技术员”各搬块石头坐在床的两边。孔书记给他们发了笔记本和我买来的“课本”，说：“今天咱们昌龙公社的农牧业技术服务队就算成立了，下面请格热队长讲话。”

格热没有准备，正拿着块牛粪饼准备往炉子里放，听到让他讲话，立马站起身拿着粪饼说：“开始我觉得没必要，后来经过孔书记一说，我觉得这是好事。这样，生产队给你们每人每天记10个工分，公社每个月再补你们5块钱。你们干好了，我请你们喝青稞酒，吃手抓羊肉，干不好大会上批评，写检讨。”他边说边用手比画着吃羊肉的动作，手里的粪饼竟然碰着了嘴边。我们大笑起来。

孔书记说，林嘎村在昌龙西北，丹增是牧业技术员，工作从你们村开始，宣传马牛羊养殖知识。然后，从北往南一个村一个村走访，不懂的从书上找，书上没有的记在笔记本上。雪布让村在东北，曲松也要先从本村开展工作，指导解答种青稞、土豆的问题，一个村一个村走访。农牧民不明白的问题，你们解答不了的都记在这个笔记本上，咱们隔一段时间在这里聚一次，开个碰头会讨论讨论。

丹增挺激动，他说：“我过去是个懒汉，后来孔书记说服了我们队长，让我放马，再后来又参加了突击队修水塘，现在让我当这个技术员，我一定得干好。过去我也不是真懒，是对摆弄地没有兴趣，我就愿意和牲口打交道，时间久了，加上阿爸的指导，牲口有个什么病也能猜个八九不离十。”

曲松说，他从小跟着爹娘种青稞、栽土豆，觉得没什么难的，种青稞撒上种，浇上水，熟了用镰刀一割就完事了；把土豆切成块埋地里，浇上水，过上几个月，一块土豆成了一串土豆，像变魔术一样。可刚才看了那些书，觉得里面的学问不少，种好栽好不是个简单的事，得好好学学，里面的门道多着呢。

那晚，他俩喝了碗糌粑糊糊后，顶着月光走了。孔书记说，这俩小伙子很有信心，但会遇到不少坎儿，什么事不是一天两天就能弄个明白的。咱们得备好课，准备当“先生”吧。

果不然，一周后他俩耷拉着脑袋垂头丧气地来了，像霜打了的茄子。丹增说：“我回去就按书上说的给村里人讲，要养出好牦牛得给牛分群，把配种牛、肉牛、奶牛、幼牛分开养。他们全笑我，说这是让丈夫、老婆、孩子分开过，这叫妻离子散，根本养不出好牛来。再往下讲，他们就拿我取笑，根本不听我的。”

曲松说，村里青稞正在播种，他看到有的地坑坑洼洼就下了种，觉得和书上说的不一样，就告诉他们青稞下种时要“齐、平、松、碎、净”，还要施上底肥。他说他的，人家干人家的，根本不理不睬。

孔书记皱着眉头，思考了一会儿说：“你们的方法是没错，他们不听是因为你们没有说服力。说服力就是拿事实说话，先讲某个地方的青稞为什么高产，是因为用了新的种植技术。哪个地方的牦牛长得膘肥体壮，是因为分了栏。还要用他们感兴趣的方式来讲。”

怎样才能让他们感兴趣，接受这些方法？

大家一碗一碗喝着糌粑糊糊，边喝边想，糊糊见了底也没想出个法子来。

过了一会，孔书记问丹增：“你喜欢牲口，更爱马是吧？”丹增一听“马”字，两眼立马放光，他忙不迭地回答：“是是是。”孔书记又问：“如果你从生产队里借匹最好的马，给马披红挂绿走到哪里都会有人瞧稀罕是吧？”丹增说：“那当然。”孔书记转向我，说：“你把养殖马牛羊的知识归纳一下，选重点写在木板上，让丹增骑着高头大马，马身上挂着木板到处走，效果会怎么样？”

大家拍手说好。

曲松也要求给他出个主意。我说：“你会唱歌，六弦琴一弹全村人都会跑来听，如果把青稞、土豆、萝卜等的栽培知识编成歌，唱出来，不想听也会往耳朵里灌。”

孔书记插话：“在我老家山东过去有本很通俗的书叫《庄农日用杂字》，几乎人人都会背，不识字的也能背，朗朗上口。我到现在还能背诵：‘人生天地间，庄农最为先。要记日用账，先把杂字观。你若待知道，听我诌一篇。开冻先出粪，制下镢和锨。扁担槐木解，牛筐草绳拴。抬在南场里，捣碎使车搬。粪篓大又大，春天地又暄。只得把牛套，拉绳丈二三……’”

曲松说："这词儿不好唱。"

孔书记说，我给你诌一段。

说干就干，摩拳擦掌的丹增跑到格热家，让他帮着做了两块木板，我在第一块木板上画了一头牦牛，再写上牧场的划分、棚圈的建造等知识；在另一块木板上画了一只羊，写了羊爱吃什么草，羊圈卫生怎么搞。孔书记看了看说，还得再做块牌子挂在马的脖子上，上面写上"昌龙公社农牧技术服务队进村来"。

孔书记给曲松"诌"的栽培知识歌词是："种青稞不简单，三分种七分管，地像毯子苗子欢，除草施肥把好关……种土豆前整好田，切块要有三芽见，不能缺水不要草，长得土豆吃不了……"曲松用藏族民歌的调子试唱了几句，赢得掌声一片。

孔书记听了知识歌，眉头舒展开了，说："曲松，来，唱首歌给大家解解乏吧。"曲松唱的还是那首《我俩相爱的心》。

这是曲松最拿手的歌，此后又成了他进村的开场曲，不管到哪个村子，来到村头弹起六弦琴先唱这歌。他的歌声时而轻柔如水，时而高亢圆润，起起伏伏，荡气回肠，很快能把大半个村子的人都吸引过来。这时他再唱"种青稞不简单，三分种七分管……种土豆前整好田，切块要有三芽见……"

有人听不明白，为什么要"三分种七分管"？为什么"切块要有三芽见"？曲松便停下来给他们讲。有人还不明白的话，曲松就跟着他们到田里指导。

丹增则拿着孔书记的"令箭"向生产队借了一匹高头红马，用了一个上午的时间为马洗澡刷毛，又给马的头、背、耳、尾上系上黄、绿、红、白、蓝五色璎珞，还找了个铜铃铛挂在马脖子上，马每走一步，铃铛与"昌龙公社农牧技术服务队进村来"的牌子碰一下，叮叮当当，格外引人注目，村里人自然都围上来看这匹"怪马"。有人问，这马好，腰背滚圆，四肢粗壮，皮毛光亮，是怎么养的？丹增说："养马的'秘方'就写在马身上，我念给你们听。"他把两块牌子上的文字念一遍，问能不能听懂。有听不懂的他就拿出那本书来再讲解，直到大家听懂为止。

孔书记没有想到，两个月后，丹增和曲松竟然成了昌龙的知名人物，生产队长来开会时，总提到他们的名字，还说，这两个小伙子有学问，到哪个村哪个村喜欢。

更让孔书记意想不到的是，有一天曲松领着一个叫巴桑卓玛的藏族姑娘来公社办公室，见了他和格热，把一大包喜糖放在桌子上，而后双手合十，要求他俩当他们的媒人。

孔书记说："我们又没有牵线搭桥，怎么能当这个红娘呢？"

格热笑而不语。

曲松口快心直："我到她村里唱歌，她听着那首《我俩相爱的心》就掉眼泪，我唱农业知识，她也爱听，还把我请到她家里去唱。后来，她还跟着我到其他村里唱。要不是孔书记和格热书记让我当这个技术员，就没有这段姻缘。"

巴桑卓玛穿着艳丽的藏袍，戴着围裙，有一双清澈的眼睛和甜甜的笑容，从窗子泻进来的阳光照着她宽大的额头。她羞答答地说："我的阿爸阿妈过去是唱藏戏的，他们也看好曲松，说他嗓子好，能唱藏戏，以后要是成立了藏戏团能当角儿，就同意了我们的婚事。你们去只是走个过场，他们不会为难媒人的。"

孔书记一听藏戏眼睛一亮："好，我们当这个媒人，这就去保大媒。"

藏族青年男女自由恋爱后要请媒人，让媒人带着青稞酒和哈达去说媒，女方同意婚事，则饮其酒，受其礼。当天我们拿着曲松准备的青稞酒和哈达来到巴桑卓玛家里。两位藏戏老艺人不仅痛痛快快地喝了青稞酒，还拿出一个精致的小盒子给我们看，说是准备给女儿的嫁妆。盒子是银质的，上面镶嵌有宝石、松石和珍珠。我对孔书记说，这叫"噶乌"，也叫噶乌盒子，是藏族人代代相传的珍贵宝盒，里面装的也是家里最珍贵的东西。

接着，聊起了藏戏。巴桑卓玛的母亲过去是藏戏名角儿，说到藏戏两眼放光。她说，藏戏在演出时必须先演开场戏，开场戏由多位仙女与“甲鲁”“温巴”（打猎的人）一起表演。剧中多以仙女等的化身载歌载舞，有说有念，并表演武技，所以人们也称藏戏为“阿吉拉姆”（仙女大姐）。藏戏的唱腔有20多种，男女老幼、哀乐悲欢各不相同，但唱腔必须高亢，一般唱段尾腔拖得很长。十几年前，昌龙的藏戏岗巴是最好的，每逢雪顿节、春播节、望果节、达玛节、藏历年必唱大戏，一唱就是几天几夜。

孔书记在他的红皮笔记本上边记边说，是时候该把藏戏从“噶乌”里拿出来了，让大家好好听听。

老两口忽地站起身双手合十，说，菩萨保佑，救藏戏的人总算来了。

藏戏

回来的路上，孔书记说他一直琢磨一件事，怎么能让昌龙人高高兴兴、快快乐乐地种地放牧，琴声解忧，歌声解闷，鼓声解乏，藏戏声声增干劲儿。不光昌龙，全县农牧民都需要藏戏，所以要给县里写个调研报告，恢复藏戏演出。

没想到格热也是个藏戏迷，他骑在马上晃着马鞭唱道："你看那雪山上铺满哈达迎王妃，牛铃响喜讯传遍山山水水，冰雪融化大地回春，公主世世代代树起一座丰碑……"他的声音浑厚高亢，拖腔悠远，路边几个长者双手合十，向他投来赞许的目光。

格热说，唱起藏戏心里就像长了翅膀，翅膀一忽闪，想往哪儿飞就往哪儿飞，自由自在。

没过几天，孔书记和我就写好了一份关于恢复岗巴全县藏戏演出的调研报告交到了县里。然而报告却石沉大海，我很沮丧。

孔书记说，好事多磨，咱再调研，再写。

真让孔书记说对了，好事多磨，最后一直到 1986 年岗巴县各乡业余藏戏队才得以恢复，昌龙业余藏戏队的队长是曲松。当时，我高兴地打电话告诉已在聊城的孔书记，他一听高兴地在话筒中唱了一句"你看那雪山上铺满哈达迎王妃"，还说要专门来岗巴听一回藏戏。

遗憾的是，他没能来，也来不了了，这个提出恢复藏戏的人没有看到舞台上曲松两口子的精彩表演。

不得不佩服孔书记的文化情怀啊，如今，藏戏已经走出西藏，红遍大江南北。

2 /

换一种眼光看岗巴的宝贝。

今年雨水充沛，又加上查筑水塘助力，青稞一直没有断水，挺拔、茂盛的青稞如绿海翻滚，一眼望不到边际。骑马在路上行走，青稞的清香沁人心脾。

行一程，拐弯进村，男女老少围上来，孔书记下马先问家里怎么样，又问地里怎么样，身子骨怎么样。“家里”指的是还有没有糌粑吃，“地里”指的是生产队的青稞长得怎么样。几个村的情况综合起来看，基本上没有断粮的，自家养的牛羊卖了钱又能贴补家用，还过得去。每个生产队今年都扩种了青稞，瞧着眼前青稞的长势，人人打心底里高兴，孔书记不由笑容满面。

来到林嘎村时，遇见一位老人在村口焦急地等丹增，说是家里有头牦牛不吃不喝乱哼哼，想让丹增去给牦牛治治病。

说话间传来叮叮咚咚的声音，丹增骑着披红挂彩的高头大马来了，马脖子上挂着“昌龙公社农牧技术服务队进村来”的牌子，的确很威风。他给我们打过招呼后，直接来到那户人家，围着那头牦牛转了两圈，又摸摸牛的耳朵，看看牛口，掐掐牛的尾巴根，从马上驮着的布包里取出一包草药交给老人，说，加两瓢水，用锅熬半个时辰，凉了给牛灌下去，天黑前它就能吃草了。

过去只知道丹增爱牲口，但没有听说过他会给牲口看病。孔书记也用疑惑的眼光看着他说，牦牛可是农牧民的大件儿，儿戏不得。丹增笑笑，把孔书记拉到一旁说："我正要到公社给你汇报，原来我们家祖上是兽医。"说着从怀里掏出一个发黄的纸卷给孔书记看。丹增又说："这就是我父亲葬礼上拉珍给我的东西。我的爷爷过去是当地有名的兽医，附近村庄的人家都找他给牲口看病，他自己采药，根据牲口的病情配制各种药方。后来爷爷把方子传给了阿爸，有一次阿爸给一户人家的马看病，那马得的是结症，肚子鼓得像口大铁锅，阿爸挽起袖子给马掏粪，掏着掏着马粪喷涌，那马咴咴大叫连窜加蹦，后蹄子踩在阿爸胸口上，踩断了两根肋骨。从此，阿爸见马就跑，不光当不了兽医，还落下哮喘病。阿爸本想把给牲口治病的方子传给我，见我吊儿郎当不放心，一直没给，但平时也会给讲一些给牲口治病的方子。"

孔书记看不懂藏文，将纸卷递给我，上面写道：牛烂蹄病，用青黛 60 克、龙骨 6 克、冰片 30 克、碘仿 30 克、轻粉 15 克，全部研成细末，坏死部分切除后，将药粉塞入伤口，包扎蹄子。急性瘤胃膨胀，将 10 个蒜头捣碎，加入醋、香油、石灰水后，灌入马牛羊口中……

我把方子的内容翻译给孔书记，他琢磨一下说："这些药方的配比有些道理，但也要到岗巴县兽医站备个案，让那里的兽医审审，免得出了问题。"

丹增说："明天就去岗巴，里面的方子用过几回了，很灵，保准没问题。"

生产队长芒尔仁听说我们来了，找上门来。他先对入党积极分子丹增近一段时间以来宣传科学养殖牲口的成绩给予肯定，并对丹增自己掏钱买药为牧民牲口免费治病的高尚风格进行了表扬。一番话下来，让丹增脸红耳热。

接着，芒尔仁还告诉我们，村里打算办个加工酥油的小厂子。前一阵子，芒尔仁在拉萨的亲戚来了，看到村里的牛羊肥壮健硕，说这里海拔高、空气好、草也肥，酥油茶特别好喝，想买些酥油带回去。他跑遍了半个村子收购，有的没有，有的不卖，最后才收了几斤。

在藏族人眼里，“宁可三日无粮，不可一日无茶”，这个“茶”说的就是酥油茶，家家户户都能自制酥油茶，但制作起来十分烦琐，最难的环节是加工酥油，要把牛羊奶加热后倒入特制的大木桶里，再用专门的工具上下抽打奶汁数百次，直至奶汁油水分离，把黄色的脂肪质舀进皮口袋，冷却后才能成为酥油。然后，要把砖茶或沱茶放入锅中熬至深褐色，再加入盐巴制成咸茶，咸茶里加入酥油就成了最简易的酥油茶，但这个“简易”也得耗上半天时间。

酥油的用途不光是吃，供佛时点灯、煨桑（藏族祈愿礼俗）也离不开它，男女青年还能用它擦脸防晒抗寒，如果在酥油中揉入矿物颜料，还能塑成花草虫鱼，它摇身一变又成了艺术品。丹增说，他的高头大马上可以再挂个牌子，写上“林嘎的酥油是个宝，幸福生活少不了”。

孔书记笑着拍拍芒尔仁的肩膀：“这个主意好呀，把鲜奶收上来加工成酥油卖出去，既安排了劳动力，又挣了钱，还扬了名，一箭三雕，准成。”

芒尔仁还告诉孔书记一个好消息，村里办起小学了。孔书记高兴地一把拉住他的手：“小学？在哪儿？我们去看看！”

小学在芒尔仁家的一间偏房里，地上铺了草苫子，十几个孩子坐在地上听老师讲课。我一眼就认出来，他们大多是去年在林嘎河边，孔书记让他们洗脸吃糖的那群孩子。我还看到了拉珍，她的头上梳了两条好看的辫子，脸上红扑扑的。讲课的老师是一位60多岁的老人，他正在给孩子们读《雷锋的故事》。

芒尔仁对孔书记说：“去年你来村里时，那么关心孩子们上学的事，我就放在了心上。正好村里有个在日喀则工作的老人退休了，我与他商量怎么办。他说，他可以当孩子们的老师，教他们认字，等过几年孩子们大了再去昌龙读书。我就把自家的房子腾出一间，让孩子们来上学了。”

孔繁森与小学生们在一起

孔书记走到那位老人跟前鞠了一躬："你这是为后代造福，感谢老人家！"

老人把手中的书夹在胳肢窝里，双手握住孔书记的手："你们汉族人都这么关心我们藏族人的孩子，我是应该的。"

孔书记有些激动，又转身对芒尔仁说："这事办得好，过几天召集生产队长开会，你去介绍下经验，让其他村也这么做。孩子的成长耽误不得，孩子的未来是大事。"

那天回到昌龙时已近傍晚，但孔书记执意要去亚欧村的牧场给巴旺爷爷针灸。牧场门口的小獒显然已认识了我们，眯着眼睛摇着尾巴领我们进了屋。巴旺爷爷在屋里走了几步给我们看，已不再是一瘸一拐的样子。他说："从去年秋天到现在，你每个月都来好几回，为了我去年冬天还差点儿……真不知咋回报。"

孔书记让巴旺爷爷坐下，给他按摩着腿说："我的命还是加央带人救的呢，这情谊更深，怎么回报？"

"我的老寒腿快好了，只有阴天下雪时疼一点儿，求你了，不要为我这个老头子耽误了公家的大事。"

"我来针灸就是件很重要的公家大事。"

说话的工夫，孔书记为他扎上银针。

这时，门外传来了口哨声，紧接着加央和努穷推门进来了。

努穷是亚欧生产队的队长，他说在公社等了孔书记半个下午，遇到了加央才找到这里，目的是向孔书记当面汇报情况。他从口袋里拿出一页纸念道："为了亚欧村集体经济得到发展，让全村人民群众生活得更好一些，经生产队队委会研究，决定开办岗巴羊加工厂。"

孔书记看着努穷自信的样子，说："你口气不少，还想一口吃个胖子？"

努穷说："没想当胖子，用的是按着胳膊数腿、按倒树摸老鸹的法子，稳抓稳拿。生产队里有 100 多只羊，立秋后先组织几个人宰杀几只，拿到岗巴县城试卖，试试销路，如果可行，再宰再卖。生产队的羊宰没了，就收购其他生产队的羊，收购农牧民家里的羊，还准备到周边县和日喀则去卖。"

努穷讲到兴奋处，还得意地吹了声口哨。

孔书记给巴旺爷爷拔了针，又点了艾绳，在银针扎过的穴位边慢慢熏灸，边熏边对努穷说："点子是好点子，酒香也怕巷子深，岗巴羊不能在山里窝着，但干这事得与队里的农牧民商量，羊是集体的，每个人都有发言权，大家同意了再办，还要定期公布账目，让大家心里明白、亮堂。"

努穷点头，拿笔在那页纸上记着。

孔书记又说："我琢磨着，最大的问题是运输，昌龙到岗巴，到周边县，到日喀则没有一条好路，得用马驮，村里有几匹马？”

“村集体就 3 匹，可村里人几乎家家有马。”

“那就把他们的人和马一块招来，成立个专门运送岗巴羊的马队。知道茶马古道吗？藏族人爱喝茶，但青藏高原上不产茶，茶是从川滇运来的，怎么运的？1000 多年前，驮队就是靠着马骡把茶叶源源不断送到高原的。现在，咱们也要开一条通向外地的‘羊马新道’，把岗巴羊送出去。”

针灸后的巴旺爷爷揉着腿，说，舒服多了。

加央给每人倒上一碗青稞酒说，为“羊马新道”干一碗。

努穷觉得加央酿的青稞酒好喝，问他是不是加了灵丹。孔书记咂摸下嘴，也说好酒。藏族人家家自酿青稞酒，但味道不一，有的偏酸，有的偏苦，有的偏甜，今天这酒色正味香，恰到好处。巴旺爷爷更是理着胡子夸赞孙子酿的酒好，这是他这辈子喝的最好喝的酒，第一口甜，第二口香，清亮得很。

孔书记突然问：“加央，这酒是怎么酿的？与别人家酿酒有什么不一样？”

加央想了想，回答道：“青稞放入锅里，水没过青稞，用牛粪火煮；青稞熟透，熄火，温热时加入酒曲；发酵两天，酒就成了，没什么两样吧？”

“你再想想，时间上、温度上、水上，哪些是你自己想出的法子？”

“老辈人说，水是酒之血，所以我就骑马去山里的冰川边取水。还听人说，春酒柔顺，夏酒醇厚，秋酒净爽，冬酒绵甜才好喝，我就边琢磨边试验，比如撒曲时的温度，热了发苦，冷了发甜，不热不冷取中间，要什么样的味道，得用手心感受青稞的热凉，用鼻子感受酒的味道，一般的酒我只要用鼻子闻一下就能知道什么味儿……”

加央这番话让大家一惊，就连巴旺爷爷也为孙子拍手叫好。

孔书记说：“明天去普村找你们生产队长，看能不能再办一个青稞酒加工厂，推荐你当技术员。青稞是藏族人的宝，得让这个宝贝发光发亮。”

酒过三碗，努穷哼起了歌：“水要再不舀，河就干了……”

那天晚上，我和孔书记又来到格热家，格热听了丹增的药方、林嘎村的酥油加工厂、亚欧村的岗巴羊加工厂、普村的青稞酒厂，惊得张大了嘴巴，好字说了一大串。

岗巴羊酪糕（奶渣）、酥油

孔书记也很兴奋，他讲山东麦子，喜爱麦子是刻在山东人骨子里的，许多父母给孩子取名叫大麦、小麦、麦花、麦穗等。麦子是山东人碗里的好饭，在人们心中，小麦要比其他农作物“高出一头”，山东人变着花样做面食，做出了山东饺子、胶东饽饽、鲁南花糕、周村烧饼、济南油旋等。青稞是藏族人的好粮食，人们做糌粑、青稞饼，还酿出了青稞酒。以后，藏族人吃着山东饺子、胶东大饽饽跳舞，山东人吃着岗巴羊肉、喝着青稞酒唱歌，那才叫妙不可言。

岗巴羊

没过多久，林嘎村的酥油加工厂生产出了第一批酥油，那块“林嘎的酥油是个宝，幸福生活少不了”的牌子没有挂在丹增的马上，而是挂在了昌龙和岗巴的大街上。丹增把爷爷传下来的畜药方子无偿献给县兽医站，他得到表扬并被安排在昌龙继续为牲口治病。普村的青稞酒厂秋后也开工了，是个只有五六个人的小作坊，加央不仅是技术员还是“坊主”，生产的酒供不应求，并在来年扩大了生产规模，后来成了岗巴的大青稞酒厂。当年秋天亚欧村的岗巴羊加工厂和“羊马新道”驮队同时成立，冬天岗巴羊肉卖到了日喀则和拉萨。

这时，我们更感谢孔书记这个山东来的大奔布拉，他是个有远见的人，是我们藏族人的卓波（朋友）。

3/

想到了，就赶快做，不做就永远做不成。

昌龙之南50余里，有个神秘的地方，一寺、一川、一洞、一泉。许多藏族人到寺庙求佛，看冰川奇景，来洞前思过，在泉中取水。为了得到泉中“神水”，常常举家前来饱饮，临走时还会带走很多水，作为珍贵的礼品馈赠给亲朋好友。口口相传，这水成了当地无人不知的“神水”。

传说归传说，有一次，孔书记陪着拉萨文物保护部门的工作人员去探访。一大早，我们骑马南行，直奔那个神秘的地方探“宝”。

天近中午，我们先是看到了曲登尼玛寺后面壮观的土林。这样的土林，是在干热气候和地面相对抬升的环境下，经过雨水强烈侵蚀、冲刷之后，形成的破碎地貌，因远望像一片林子而得名。土林的前面是海拔5100米的曲登尼玛寺。

曲登尼玛湖

我们把马拴在寺外的树桩上，走进了寺院。寺院是一座典型的藏式建筑，三面房屋、中间庭院。我在一个大经堂里看到，墙上是壁画，佛案前有一块青色的石头，石头上有一个孩子的脚印。一位穿着褐色素衣的年长尼姑说，这是 18 世纪古如活佛 8 岁时练密功数日不动，才踩出如此神圣的脚印。在另一间屋子里，一面墙上挂着佛像，另一面墙边则整齐地码放着各种各样的藏文经书，经书里还有一本《毛主席语录》。孔书记拿起来翻看到其中的一段，念道：“一个人做点儿好事并不难，难的是一辈子做好事，不做坏事……”孔书记又问我：“这些你能背过吗？”我说：“当然，耳熟能详。”他说：“说说容易，关键是做啊。”

文物部门的人说，寺庙既是人们宗教信仰的皈依之地，又是历史文化的汇聚之所。这里是昌龙，乃至西藏、全国不可多得的一宝。

孔书记说，是啊，要是交通便利，这里的人会络绎不绝。

寺庙外是一条通往曲登尼玛冰川的窄路，沿路前行几里，有一个由几块石头天然对立起来形成的石洞，洞低矮窄小，仅能容纳一个人通过。这时，正遇一位藏族老人从石洞中出来，老人脸上异常兴奋，连呼着“德吉”（幸福）。老人说，这是量过洞，老一辈人都知道，很久以前岗巴有一个贵族妇人，经常对奴隶非打即骂，极其残忍，积累了罪孽。有一回，她来到这个洞里，看见朝佛的人一个个从洞里走过，而她却怎么也钻不出这个石洞，夹在石洞中间憋死了。后来人们称这个石洞为量过洞，意思是说，罪孽深重之人是从石洞里钻不过去的，只有多做善事的人，才能很顺利地钻过石洞。人要行善积德呐，佛祖保佑，扎西德勒。

我们也钻过了石洞，孔书记笑着说：“咱们也是善人，你知道我的老祖宗是谁吗？”我摇摇头。他说：“家谱上写得明明白白，我是孔子的第74代孙。”他又问我读过《论语》吗，我又摇头。他说：“这是我的老祖宗孔子和他的弟子的言行录，有时间得好好读读，能够激发人心怀善念、追求善行。”

一路攀升前行，我们看到了雄鹰在天空翱翔，岩羊在山上飞奔，大呼几口气，再喊几声“咿呀呵嘿”，回音里还融入了鸟儿们的歌唱。又翻过几个垭口，面前是一片冰川湖，湖水湛蓝，湖面上漂浮着大大小小的冰块；湖边挂着经幡，湖的对面是洁白如玉的冰川，冰川的背后则是巍然耸立的雪山；雪峰上垂挂着无数条冰舌，泛着微蓝晶亮的光；太阳强烈的光线在这里变成万千条丝线，五彩缤纷，美轮美奂。是的，这里就是曲登尼玛冰川。

曲登尼玛寺，距今已有1300多年的历史，相传建于吐蕃时代

耳畔，猎猎经幡发出的声响不停。

走到湖边，孔书记说，他从来没有看到过这么好的风景。

我说曲登尼玛冰川有金圣湖、银圣湖、铜圣湖三个湖，分别在冰川的东、西、南三个方向，相传虔诚的信徒还能在湖中看到自己来世的显影呢。我们低头看湖水中的倒影，我俩相互把手搭在对方肩膀上，头顶上有绚烂的太阳和朵朵白云，风吹水皱，影子变幻。他说，这不咱也看到来世的显影了，咱们也是信徒，咱们的信仰是共产主义。

金圣湖边有一股清泉注入，我们沿着泉水的方向又往山上行，走到半山腰，听到了哗哗的水声，抬眼看，一股胳膊粗的泉流从石缝里涌出，洁白的水花飞溅，形成了轻薄透明的雾，打眼看去，是一道道彩虹。

显然孔书记被眼前的景象所震撼，急不可耐地用手捧起泉水喝了几口，兴奋地说道："啊，有一股雪山的味道，甜，润，透心凉爽。"刚喝几口，肚子咕噜噜叫，才想起该吃饭了。从挎包里拿出糌粑倒入饭盒，加点儿泉水用指头搅拌，奇迹发生了，糌粑竟然渐渐凝固，能用手捏成形。他记起刚来昌龙时，在河边用河水拌的糌粑散了一手心，根本拿不起来，这里的水怎么会有如此神奇的魔力？带着疑惑品尝，糌粑里还有甜香的味道。

我们用塑料桶每人灌了一桶"神水"，准备带回去检验，担心温度会影响检验结果，我用外套包着桶往山下走。太阳已平西，冷风飕飕，冻得我们浑身颤抖。

骑上马，把身体紧紧贴在马背上，直到深夜我们才回到昌龙的住处。进门第一件事，就是把"神水"包在被子里。

孔书记说，"神水"白白地流了那么多年，让人心疼，如果检验结果是难得的好水，对身体确实有益，得快些开发出来，快些让它从"噶乌"里走出来。岗巴穷呀，光靠农牧业何时能过上好日子？如果这水能在全国打响，是一笔不小的收入。

我永远记得那夜孔书记跟我说的话："世上的事儿很多，其实不是不能做，是不想做，有人想到了，也就做成了。想到了，就赶快做，不做就永远做不成。"

第二天，我从格热家借了张老羊皮把"神水"裹上，直奔县里。

孔书记和我的分工是，他写申请开发"神水"的报告，力求县里批准通过，我则带着水去四川峨眉山一个水厂和成都地质学院进行鉴定。

兵分两路，信心满满，我抱着这个"羊皮包袱"换乘了七八辆公共汽车去了峨眉山，3000多公里的路走了5天5夜。好不容易到了这家水厂门口，人家看我满脸尘垢像个藏族乞丐，又抱着一团破羊皮，不让进门。我拿出县里开的介绍信才勉强进去，到了厂长办公室，沿途的饥困劳累让我一下子瘫倒在地上。厂长动了恻隐之心，安排我吃了饭，还让厂里技术部免费做了检测。水厂鉴定完以后，又到成都地质学院检测，检测结果里写道："这是一种优质的矿泉水，含多种对人体有益的物质，建议开发利用。"

我高兴得不得了，马上打长途电话告诉孔书记这个好消息，可电话那头的他却连连叹气。他说，为了通过县里这一关，他先往一个瓶子里灌了一些"神水"，拿个小杯子到县里各个办公室里让大家品尝，品尝结果是：不是酒，不辣；不像水，发甜；喝了喉咙里舒服，像药，可又没有药味儿。当孔书记说出是冰川里的泉水时，大家都说，这水"神"。可一到了会议桌上，意见就不统一了，那时大家的思想还都保守、求稳、怕变。有的人说："要建矿泉水厂，你连矿泉水的标准都不清楚，你们带到内地检测的水样，是国家级标准还是省级标准？怎么就能张罗着开矿泉水厂的事？"还有的人说："建造矿泉水厂，对于我们岗巴县的家底而言，成本是很高的，而现在的岗巴是拿不出这笔钱来的。如果只是一时热血的话，劝大家还是不要浪费国家的财力！"

孔书记的意见是："建立岗巴矿泉水厂，应该说是岗巴人民迫切的愿望。让岗巴的资源造福岗巴人民，这怎么是出于一时的冲动？不但经过反复调研而且还有一定科学依据的。”最后，分歧的焦点是，必须要有水的检验报告县里才能拍板，并且检验报告必须出自国家权威检验部门。我说，要国家检测报告我就去北京办，从四川直接坐火车去。孔书记在电话里想了良久，才勉强同意我的想法，还说了一大堆的注意事项。

我抱着“羊皮包袱”又踏上了去北京的路途。我出了火车站没舍得花5分钱坐公共汽车，打听着去国家检验检测中心的路往西走。北京城真大，走了半天热汗淋淋，才到了天安门广场。我看到天安门上红旗飘扬，有毛主席的巨幅画像，他面容慈祥地凝视着我，好像对我投来赞许的目光。那一刻我热血沸腾，精神倍增，抱着“羊皮包袱”大步往西走去。

后来，检测中心的专家看了介绍信也不给检测，我把来龙去脉说清楚了，人家还是不测，原因是他们担心水的来源，担心路途中水是否被调换。我缠了半天，对方给出的答案是，专家要亲自到水源地取水，才能保证检测的真实性。我打电话给孔书记汇报。他说，来了更好，还能听听专家的建议。

后来，我带着专家来到岗巴，来到了曲登尼玛冰川旁的泉边。

专家取了水，给了建议，出了结果：“曲登尼玛矿泉水属含锶重碳酸钙镁型矿泉水，此水属喜马拉雅雪山融水，在山中循环了十年零七个月后，才涌出地面。长期饮用能增强食欲，改善心血管功能，增强骨骼发育，防止甲状腺增大，并对治疗缺碘等疾病有一定作用。”

最后，经表决，县里终于通过了开办曲登尼玛矿泉水厂的申请，同时决定成立县办企业办公室，并由一名县领导牵头曲登尼玛矿泉水项目，先做前期筹备工作，这个牵头人自然就是孔书记。

县里没有资金，需要自筹。半个月后，孔书记联系了一家内地矿泉水厂的技术人员，他们一行三人到了拉萨后，有两人发生了剧烈的高反，不日他们就匆忙打道回府。左等右等，对方也没有再派人来。

接下来的事情让孔书记更加焦虑。岗巴没有这方面的工程师，从外面请要花几万元的设计费，岗巴没有钱，孔书记也付不起。即便有了设计方案，定制矿泉水设备也要十几万元，钱从哪里来？他又联系企业合作开发，当人家知道这水在“世界屋脊”的冰山里，都打了“退堂鼓”。

岗巴的现实，让孔书记陷入一种复杂的尴尬境地。

就这样，曲登尼玛矿泉水项目第一次“流产”了。

求助无援，夜夜失眠，看着眼窝深陷、满脸憔悴的孔书记，我劝他缓缓再说，眼下岗巴经济底子差，过几年会好起来的，到时候再干。他倒没有沮丧，还是连连说“好事多磨”，今年开发不了等明年，是金子早晚会发光，是好水早晚会淌出去，“噶乌”盒子早晚会打开。

事实上，直到 1992 年岗巴曲登尼玛矿泉水才得以开发，这个延迟打开的“噶乌”成了岗巴一根举足轻重的“经济肋骨”。我每次喝这水都在想，孔书记是第一个为这水“掘井”的人，挖井的人留下“水井”走了，吃水的人会不会记得他呢？

2008 年，岗巴县曲登尼玛矿泉水灌装生产线

གམ་པ་རྫོང་གི་ཆ་སྙོམས་ས་བབ་མཐོ་ཚད་སྨི་4700ཟིན་པས། སྐྱེ་བོ་ཀུན་གྱིས་ཚེ་སྲོག་གི་འགག་སྒོར་གྲགས།

གཟི་བརྗིད་ནི་རྣམ་ཀུན་གྱི་བྱ་བ་ལས་འབྱུང་ལ། དཀའ་ངལ་ནི་ཡུན་རིང་གི་ལོ་རྒྱ་ལས་མཆེད།

ཁྱུང་ཐུན་སེན་སྙིང་སྟོབས་ཀྱི་ཤུགས་རྐྱེན་དང་སྐྱུལ་སྐྱོང་འོག ངག་དབང་ཆོས་ཉིད་ཀྱིས་མཚོན་པའི་སྐབས་མི་གཅིག་པའི་རྒྱ་བོད་ལས་བྱེད་པ་དག་གིས་དཀའ་བ་དང་སྤྲངས་ཀྱིས་གམ་པ་གསར་པའི་འཛུགས་སྐྲུན་ལ་གཞོལ།

第五章

呵护 / 高原需要高境界的人

工作没有滋味，

滋味是全靠咂摸出来的，

越咂摸越有滋味。

1

请你转告孔书记，那天给他送礼，是我误解了他，我真诚地向他道歉，请求他原谅我！

孔书记爱岗巴，爱得毫不掩饰。他爱岗巴的蓝天、白云、雪山、河流，他爱岗巴羊、岗巴“噶乌”、岗巴青稞酒、岗巴卡垫。他说，岗巴最缺的不是氧气，而是人，是人才，只要有了人，什么奇迹都能创造出来。所以，当他在一些干部调离报告上签字的时候，很纠结，很痛苦，不愿意下笔。他知道岗巴艰苦，一般人难以承受，但有能力的人走了，岗巴怎么焕发生机？

他不愿意痛快地在调离报告上签字，为此受到不少误解，落下了不少埋怨，他成了一个不好说话的“孔书记”，一个山东倔汉。他也常常为此而苦恼。

开始我觉得孔书记是“飞鸽牌”的，到这里挨个一年半载，做一两件面子上的事情，算是镀金了，回到家乡等待提拔。可是，跟他接触的时间越长，越觉得他不是那样的人，不是“飞鸽”，而是到哪里都用情用力用心留下自己的痕迹。如若他是“飞鸽”，怎会舍不得让人才走，让自己落埋怨呢？

孔繁森在藏工作期间到昌龙乡看望拥军老阿妈拉吉

有时，我不解地问他，干吗做得这么辛苦呢？他说，咱是组织的人啊，组织安排你到祖国需要的地方，你就该尽职尽责，就该不遗余力。操心的事总得有人干啊，你不操心我不操心，都撒手不管，咱这个国家不就散了吗？岗巴是国门啊，你看格热的妻子拉吉多好呀。我顶佩服这个拉吉阿佳拉。

当解放军刚刚进入岗巴县时，拉吉就把指战员们当自己的亲人看待。她常说："如果没有共产党，没有解放军，我们可能还生活在黑暗里，解放军就是我们的亲人。"得知驻扎在昌龙的某部二营缺少燃料后，她马上将自家储备的干牛粪、草根等燃料送到部队，还发动村里的人给部队送燃料，解决了部队的燃眉之急。发现战士们穿的是又旧又薄的棉线袜子，她用自家的羊毛纺线给他们织羊毛袜子，还发动村里的妇女一起织。每年进入冬季，连队的输水管都会被冻住，不得不派人背水，拉吉发动村里人给连队背"拥军水"。于是，村里

孔繁森与拉吉促膝长谈

人都叫她“爱管事的阿佳拉”。

孔书记也是一个爱管事的人。我有个同学叫杨宜生，是我在西藏民族学院低一级的同学。在学校的时候，我们没有太多的交集，大学毕业都分到岗巴以后，我们两个老同学才走得近乎了。杨宜生也很喜欢孔书记，可是，因为调动的事儿，他对孔书记产生了看法，继而对我也不冷不热起来。

2007年拉吉当选十大爱国拥军新闻人物

有一天，快下班的时候，值班室传来一声：“杨宜生长途电话。”杨宜生一听，连忙往县委值班室跑，我正拿着饭盒往食堂走去，差点儿和他撞了个满怀。他理也没理我，一口气跑到值班室。我想，一定又是他的未婚妻来电话了。

接完电话，杨宜生耷拉着脑袋，坐在食堂的长条凳子上，简单地扒拉了两口饭，就匆匆出了食堂回宿舍了。我推开宿舍的门，看到他倒在床铺上。我走进去，问他是怎么回事。他从床上坐起来，长长地叹了一口气，说，他第一次对未婚妻说了假话，岗巴这边放人没有问题。但其实调入拉萨市城关区团委的商调函已经到了岗巴，就等着领导签字了。时任县委书记的张华在出差，孔书记明确表示不签字，并说，就是张华同意签字，他也不会签字。

其实，杨宜生请求调动的事已经酝酿很久了，他未婚妻在拉萨工作，希望他能早日调去拉萨团聚。

杨宜生让我跟孔书记透露过他想调动的事情，我记得孔书记没说话，不说行，也不说不行。杨宜生脑子灵活，一天晚上，他去供销社出来提着一个提包，问我孔书记在哪儿。我说：“他在办公室，你要干啥？”他无奈地说：“人在屋檐下，不得不低头！人家是领导，手上有权，不讨好他就调不走！”说完就提着提包朝孔书记办公室走去。我着急地小声对杨宜生说："万万不可，孔书记不会收的！"

过了一会儿，杨宜生提着提包出来了，无奈地摇摇头："阿旺，你说，我怎么得罪了孔书记？"

我说，你没得罪他，他是爱才，舍不得你，想重用你。

杨宜生生气地说："我才不稀罕呢，我只想让他签个字！"

我问他孔书记咋说的。

他说："我一进门，对孔书记说，关于我调动的事，求求您给我签个字吧。孔书记一听就说，'你看啊，小杨，你是西藏民族学院语文系的高才生，岗巴县穷，不但缺人，而且缺的正是像你这样有文化的年轻人，这里的老百姓要过上不愁吃、不愁穿的好日子，就需要一代一代有文化的人在这里无私地奉献。岗巴急需干部，一个萝卜一个坑都填不满，怎么说调走就调走了呢？你们这几个年轻人里头，你的工作很出色，无论如何，我是舍不得你调走啊。'你看，孔书记这不是明显打官腔吗？"

我说，孔书记就是这样的，原则性很强。

"我又问他，为什么别人调走的时候，你都签字同意呢？他说，'他们和你不一样，他们是从 1958 年陆续进藏工作的，之所以调回内地，是因为身体不适应在这里工作了，无论如何，他们对西藏没有功劳还有苦劳嘛。我相信，你年轻有为，是个可造之才。心猿意马是做不好任何一件事情的，我对你的批评是善意的，年轻的时候，对于工作，谁都会经历从浮躁到脚踏实地这一过程。'几句话，说得我哑口无言。他让我回去，等张书记回来再说。还批评我送礼。"

杨宜生接着说："你跟着孔书记不会有什么前途，我劝你也早点儿离开他。"

第二天下乡前，我又跟孔书记说起杨宜生调动的事儿。孔书记说："在其位谋其政，按说，我也不该管这么宽，可你想想，贫困地区想要富起来离不开人才，岗巴要发展没有人才怎么办？我让他走，对不起岗巴的农牧民；不让他走，又觉得对不起他，怕他和未婚妻因此分手。思前想后，我也很为难呢。”

当时，我也觉得孔书记有些不近人情，人家的未婚妻在等着他啊。

按照杨宜生的理解，孔书记那晚的一番话，不近人情，甚至还有些故意刁难人。我还记得杨宜生说的气话：“谁喜欢岗巴谁去建设，谁想在岗巴奉献谁就一辈子待在这里好了。我只是一个普通人，没有那么高的思想境界。”

平时，杨宜生都会在晚饭后准点上街散步，然后返回宿舍，点上蜡烛，看一会儿书，或者打开收音机听听广播节目。然而，他现在天天睡大觉。

又隔了几天，我陪孔书记下乡回来，见我的床上放了一封杨宜生写的信。

阿旺曲尼老同学：

今日一别，后会何期？

我调动的事，拖了很久，昨日终于成为现实。我不知道是庆幸还是庆祝呢？后来一想，还是别人提醒我的那句话，夹着尾巴做人。你做领导的翻译，口碑很好，我羡慕你。不过我觉得，要做好领导的翻译必须多读书，岗巴县城没有书店，你需要什么书，我在拉萨给你寄，或者我在内地叫别人给你捎来。安定下来后我会给你写信的。

多余的东西我就不带走了，放在我的床上，把它们全部送给你。最后，请你转告孔书记，那天给他送礼，是我误解了他，我真诚地向他道歉，请求他原谅我！

杨宜生　即日匆笔

孔书记对我说，杨宜生真的是块好料子，可是他执意要走，走就走吧。心走了，想留也留不住了啊。我问，你不是一直不签字吗？孔书记说：“哎呀，人心都是肉长的，小杨的未婚妻打长途电话到我这里，边哭边讲，如果小杨不能去拉萨，他们就分手。我一遍一遍地解释，她还是不停地哭。放下电话，我跟张华书记商量了半天，最后同意了。岗巴真的是太苦了啊，这苦还是让我们受吧，别拆散了这一对新人。”

2／

工作没有滋味，滋味全靠咂摸，越咂摸越有滋味。

年年都有几名新分配来岗巴的大学和中专毕业生。这些从象牙塔里走出来的有知识的年轻人，渴望在新的岗位上一展身手。郑康就是这个群体里的一员。

然而，当郑康在县食堂吃了一个月的饭菜以后，就萌生了调离岗巴的想法。

县食堂坐东朝西，是土坯房，屋顶用铁皮覆盖。多年来，由于县食堂吃饭的人员相对固定，极少剩菜、剩饭，所以连一头猪都没有养，因为也没有多余的泔水去喂它。夏天里，食堂里的蔬菜就是土豆、白菜、萝卜轮流“坐庄”。就这“老三样”，常常也会青黄不接，冬天会有少量的腌酸菜、海带丝。粮食就是稀饭和玉米窝窝头、糌粑窝窝头，偶尔有白面馒头和面条，面条一个月只能吃上一次。食堂里有一台笨重的手动压面机，吃面条的时候，孔书记就和大家一起摇压面机，累得满头大汗。孔书记还经常将妻子寄来的干豆角、干茄子和大枣送给食堂。

郑康是县委机要科的一名科员，多才多艺，收发文件电报、编会议简报、写美术字、冲洗黑白照片他都能干，每次县里开会，主席台上的横幅都是他写的。

当时，岗巴没有电，靠柴油机发电，每晚供电两个小时，仅照明用。郑康向往有电的日喀则地区，他跟我说，很向往一周能吃上几顿绿色蔬菜的地方。岗巴县食堂顿顿都是白菜、粉条，就这还要经常断炊，他都吃腻了。

看到有些人调走了，郑康也坐不住了。

有一天中午，郑康发现在吃饭的人里面有几个陌生的面孔，觉得可能是上面下来的什么工作组领导。等这几个人吃完饭在大街上散步的时候，郑康想凑上去和他们搭讪，寻求调离岗巴县的机会。

郑康在不远处跟着他们，一位戴眼镜的人回头一看有个年轻人，便招手让郑康过去，问他是哪个单位的。郑康忙说，自己是县委办机要科的。那人说，你看这墙上的标语有点儿表述不清楚，给你们领导说说，能不能把它换了，将标语换成“发展国民经济，巩固民族团结”。郑康点头说行。

下午，郑康向县委办主任做了汇报。主任让他带两个人抓紧落实。第二天早上，几个醒目的红色大字就赫然出现在墙上。

从乡下调研返回县里的工作组里那位戴眼镜的领导，下车第一眼就看到这几个新写的“发展国民经济，巩固民族团结”的大字，说换得挺快嘛。他老远看见郑康，就招手说：“小伙子，过来。”郑康走近后，对方便问他叫什么名字，老家是哪里的，哪所学校毕业的，谁写的这个美术字，等等。郑康一一做了回答。那位领导接着说，没想到岗巴虽然偏远，但工作效率这么高。郑康嗫嚅着想把调离岗巴的想法说出来，但是话到了嗓子眼儿就是说不出。

郑康爱面子，觉得想调走是件不光彩的事，但又急切地想走，那段日子他整天魂不守舍。

孔书记发现郑康不大对头，就在一个晚上找他长谈了一次。那天晚上孔书记让我也一起听听。说是给郑康谈，其实是对我们俩谈。

那天孔书记不知道从哪儿弄来一壶青稞酒，端来一盘榨菜，他陪着我们一边喝一边说。他从自己上学开始说起，先是务农，后当兵、复员、做工，一直到岗巴，每一步都是踏踏实实地走的。他说，人生就是一个过程，比如这青稞酒，它酿成也需要一个过程，得先种青稞，然后除草，让青稞长大，收获，再磨碎，加酒曲，发酵，出酒，每一步都不能省略，每一步都不是浪费，这是一个完整的过程。端酒杯的时候，要想一想酒背后的东西。工作也是这样，每天做的工作都不是简单地重复，也是个过程。我们要享受做的过程。还比如，你去看电影，要排队买票，排队很不舒服啊，但是排队也是看电影的一部分啊。对不对？这样就有趣味了。工作没有滋味，滋味是全靠咂摸出来的，越咂摸越有滋味。

那次，他跟我们谈到深夜。

孔书记的话，让我想起来一件事。孔书记是个讲卫生的人，常年保持晚上

孔繁森主持工作会议

睡觉前洗冷水澡的习惯，脏衣服从来不等到第二天洗。但在牧民的帐篷甚至羊圈里他照坐照卧，牧民递过来的酥油茶、青稞酒，还有抓过的糌粑，他都接过来喝下去、吃下去。我把这些说给郑康听。郑康说，孔书记思虑深啊，在他眼里，民族团结比天高。巩固民族团结，也是一个过程。

郑康心里的疙瘩慢慢解开了，可是，没过几天，看到又有人调走了，他又动摇了。孔书记就批准他休假一个月。

等休假回来，郑康像变了一个人似的。他对我说："在西宁火车站换乘长途汽车，经过两天两夜的颠簸，车子停在了布达拉宫脚下的广场上。广场是用青灰色的大块石板铺成的，阳光照在上面，好像会把石头融化掉。我第一个跳下车，深深地吸了口气，我闻到了空气里飘着糌粑和酥油茶的味道。有几个四十多岁的汉族男女，走起路来有些吃力，他们缓缓从车上下来，靠着车身努力调匀气息。我与他们聊天，知道他们是'老西藏'，每一次回内地休假返回后，都有不同程度的高反。有的人从格尔木就开始吃药了，但是高反还是不断，走了一路，适应了一路。我问他们为什么要回西藏，他们说，青春都留在西藏了，最美好的时候都留在这里了，不来，心里放不下。我的心咯噔被戳了一下，那一刻，我不由自主地想到了孔书记。"

后来，郑康经常找我，我就跟他讲和孔书记在一起的那些事儿。郑康越听越感兴趣，越听越觉得孔书记了不起，不再有调走的想法了。此后，他也像孔书记一样，在停电后点上蜡烛读书，沉下心来，把工作做得有条不紊。

孔书记也愿意找他谈话，一谈就谈好久。他说，孔书记说的那句话，让他受益终生。我问他是哪一句，他说："工作没有滋味，滋味是全靠咂摸出来的，越咂摸越有滋味。"郑康说，每次跟孔书记谈完，都感觉浑身有用不完的劲儿。孔书记告诉他，成功虽然需要机遇，但关键还是要看个人有没有实现目标的雄心，这雄心就是原动力。这原动力就是东方红拖拉机里的柴油、北京吉普车里的汽油。有了动力，就要去努力，机遇总是给有准备的人。为了随时而来的机遇，就要脚踏实地，一切皆有可能。

郑康说：“我不走了，我要等岗巴县食堂每顿都有新鲜蔬菜吃了，等岗巴县老百姓都用上电了，再考虑调走。”

俗话说，人往高处走，水往低处流，可是身在雪域高原，却都愿意往低处走，因为那里有氧气，那里舒适，可是高原呢？如果没有人，高原就是一片死寂，高原需要高尚的人，高原需要纯洁的人，高原需要高境界的人。

孔书记是，被他感染的郑康也是，我靠近他们，争取也是。

3

人才是知识的载体，开启富裕的大门，离不开人才“钥匙”。

县里的吉普车送孔书记到日喀则参加会议，捎上了考上日喀则一中初中，要去报到的拉姆。巴旺爷爷和加央把拉姆送到车上，双手合十向孔书记致谢。孔书记说，拉姆是个好苗子，以后能成为人才，岗巴发展离不开有文化、有学识的人哪。

车行在路上，拉姆看着窗外的蓝天、白云、群山，觉得十分新鲜。她对这辆吉普车更是好奇，用普通话说：“这车比牦牛还大，跑得比马还快，要是每家都有一辆这样的车就好了。”

孔书记说：“那你就得好好学习，读了初中读高中，再读大学，当个有学问的人，让人人都坐上小汽车。”

“孔叔叔，你家里的小妹妹、小弟弟学习好吗？”

我看到孔书记的眼睛久久地凝视着窗外，而后抚摸着拉姆的头说：“他们也跟你一样在学习。”

车上，孔书记与拉姆你一言、我一语地聊着，我看到他眼神里满满的父爱。父亲的眼神总是温暖的，像阳光一样照耀着孩子。我最早看到他这种眼神，是在他刚刚来到昌龙不久后的一天。

那天，孔书记让格热带我们来到了昌龙公社小学。学校在三间平房里，我们直接走进中间一间教室，看到几十个学生分左右两排坐着，一排面向前，另一排面向后，前后都有黑板。一名中年教师正在前面的黑板前领读课文：“春姑娘轻轻地飞来了。她飞过高山，来到江河，飞过森林，来到田野，把春风春雨送到人间。一群群小鸟跟着春姑娘，向四面八方报信：春姑娘来啦！春姑娘来啦！……”

中年教师领读了一节，见格热领我们进来，连忙打招呼。孔书记示意他继续讲课，他又跑到后面的黑板前，在黑板上写上《北京的金山上》，然后面向另一排学生领唱：“北京的金山上光芒照四方，毛主席就是那金色的太阳，多么温暖，多么慈祥，把我们农奴的心儿照亮……”他唱一句，学生跟着唱一句，孩子们的童声如清泉般清澈、动听。

当时，我看到孔书记面对孩子们的眼神里充满父爱的温暖。特别是看到一个大眼睛的小女孩在那里尽情地唱，他走过去向她微笑着竖起大拇指。后来知道，她就是巴旺爷爷的孙女，也就是今天坐在车上的拉姆。

下课后，那名中年教师说，刚才是给三年级上语文课，给四年级上音乐课，教室少，只能一间屋里坐两个年级，建议公社再盖两间教室。孔书记问他还有什么困难。他说，学生的课桌是土坯台子，最好能换成木头的；每间教室加个带烟筒的炉子，冬天在地上点柴烤火屋里烟大，呛得人受不了。

当着教师们的面，孔书记问格热能不能解决。

格热想了想说，可以想办法。

回到公社办公室，孔书记直言问格热：“‘可以’是什么意思？”

格热说："要建屋、买课桌、支炉子，得花不少钱，公社里没有这方面的资金。"

孔书记提高嗓门："这些孩子是咱们的下一代、接班人，亏什么也不能亏教育，不能让他们永远放牛牧羊吧？没资金？向县里申请，申请不下来，咱们当干部的就把工资捐了。"

格热有些尴尬，说："要不，咱们找县里要点儿，公社凑点儿，干部再捐点儿，年底前把小学的事办了。"

孔书记点点头，说："我讲个我们老家聊城的故事吧，这个故事在我们那里家喻户晓。"

这个故事发生在100多年前，聊城堂邑有个叫武训的人，7岁丧父，乞讨为生，求学不得。14岁后，他多次离家当佣工，受欺侮，甚至雇主因他是文盲以假账相欺，谎说3年工钱已支完。武训争辩，反被诬为"讹赖"，遭到毒打，气得口吐白沫，病了3天。吃尽文盲苦头，他决心行乞兴学。21岁的武训开始行乞集资。他手拿铜勺，肩背褡袋，烂衣遮体，边走边唱，四处乞讨，足迹遍及山东、河北、河南、江苏等地。他将讨得的较好的衣食卖了换钱，自己只吃粗劣、发霉的食物和菜根、地瓜蒂等，边吃边唱："吃杂物，能当饭，省钱修个义学院。"在行乞的同时他也捡破烂，还经常给人打短工，一切目的都是攒钱财办义学。

格热说，这个人了不起呀，为了贫穷的孩子们竟然能这样做。

孔书记又讲，后来，武训置田300亩，攒钱3800余吊，在聊城柳林镇东门外建起第一所义学，取名"崇贤义塾"。他亲自跪请有学问的进士、举人任教，跪求贫寒人家送孩子上学；对一时懒惰的塾师，跪求警觉；对贪玩、不认真学习的学生，下跪相劝："读书不用功，回家无脸见父兄。"

我问孔书记，他这样做，他的家人能同意？

孔书记说，武训一心一意兴办义学，为免妻室之累，一生没有娶妻，不置办家业。有人劝他娶妻，他唱道：“不娶妻，不生子，修个义学才无私。”他59岁时含笑病逝于临清御史巷义塾，前来送殡的人上万，人们遵照他的遗嘱把他埋葬在柳林崇贤义塾旁。孔书记还说，我们不是要学武训的有些过于极端的做法，我们要学习他的这种精神，尊师重教的精神永不过时。

那天孔书记讲的这个故事，竟然让格热和我流下了眼泪。

几天后，公社组织干部捐款，孔书记捐了一个月的工资100多元，我和格热各捐了50元，其他干部有的捐10元，有的捐5元。接着，公社组织各村的泥瓦匠出义工。就这样，没用公家出一分钱，一个月后新建了2间教室，还给孩子们换上木课桌，支起了有烟囱的炉子。公社小学变了样，老师和学生们喜气洋洋。

车上，我又提起了这件事，孔书记说，岗巴资源丰富，但让资源变为财富，除了出力流汗，还需要人才。外面的人才来了，岗巴要留住，岗巴还要培育自己的人才。

我们到达日喀则一中已是下午3点多钟，孔书记带着拉姆到了初一新生入学报到处，为她交了学杂费，办完手续，又领她来到宿舍。天快黑时，又带我们在学校附近的一个小饭馆吃了饭。我知道，孔书记一个月的工资又所剩无几了。

1995年，岗巴县中学成立，与县完小同址办学

拉姆不负众望，在日喀则一中读到高中，后来考入西北民族大学。毕业后，她来到岗巴县当了一名小学老师。让人遗憾的是，1994年年底的一天，拉姆正要把当上教师的事写信告诉孔叔叔时，信才写到一半，她从广播里听到了孔书记殉职的消息……

གམ་པ་རྫོང་གི་ཆ་སྙོམས་ས་བབ་མཐོ་ཚད་སྨི་4700ཟིན་པས། སྐྱེ་བོ་ཀུན་གྱིས་ཆེ་སྲོག་གི་འགག་སྒོར་གྲགས།

གཞི་བརྗོད་ནི་རྣམ་ཀུན་གྱི་བྱ་བ་ལས་འབྱུང་ལ། དཀའ་ངལ་ནི་ཡུན་རིང་གི་ལོ་རྒྱ་ལས་མཆེད།

ཁྲུང་སྒྲུན་སེན་སླིང་སྟོབས་ཀྱི་ཤུགས་རྐྱེན་དང་སྐྱུལ་སྐྱོང་འོག ངག་དབང་ཆོས་ཉིད་ཀྱིས་མཚོན་པའི་སྐབས་མི་

གཅིག་པའི་རྒྱ་བོད་ལས་བྱེད་པ་དག་གིས་དཀའ་བ་དང་སྤྲངས་ཀྱིས་གམ་པ་གསར་པའི་འཛུགས་སྐྲུན་ལ་གཞོལ།

第六章

情浓／他把老百姓捧在心上

孔书记背上了背包，

像3年前来的时候一样，

只是脖子上多了层层叠叠的哈达，

俨如盛开的雪莲。

1

孔书记叮嘱我，到村里不要叫他的职务，要叫曼巴（医生）。

孔书记的朋友多，有老战友、老同事，还有许多年轻人。他订的报纸和收到的信件也多，一摞一摞的我都替他发愁，他怎么看啊。有一次，他悄悄地跟我说，四川和安徽农村已经开始搞“包产到户”的试点了。他朋友在信中告诉他，了解到老家山东菏泽地委在搞“菏泽八条”，核心是生产队包产到组，有的地方包产到户。主持这个事儿的是菏泽地委书记周振兴。这个书记还推出了农村屠宰“两把刀”政策：“一把刀”留给公社屠宰站，按照规定杀猪；另“一把刀”给自己养猪的农民，经过市管所批准之后，他们杀的猪，可以上市。这“两把刀”一经推出，整个市场大变样。我听了以后感到很惊讶，也很新鲜。

大概是27年后的2008年，我在一个材料上，看到了周振兴书记的故事——《地委书记的耳光》。一下子让我想起孔书记当年说过的周振兴。文章是这样写的：

改革开放初期的一个仲春时节，中共菏泽地委书记周振兴到革命老区曹县韩集乡，看望杨得志将军当年的老房东、老共产党员伊巧云老人。随同的有曹县县委书记、武装部部长等人。到韩集后，周振兴书记没在乡镇和村委会停留，直奔伊巧云老人家中。

老人已重病在身，周振兴握住老人枯瘦的手，问老人还有什么要求，伊老人犹豫了一下，说："就是想吃半碗肥中带瘦的猪肉。"说完，老人又后悔了，用另一只手拍打着周振兴的手背："也就是这么一想，周书记别当事。"

历来以雷厉风行、低调工作的作风著称的周振兴，一下子泪流满面。他双手握住老人的双手："怪我，怪我们啊，老人家，对不起您。"他抹了一把脸，回身掏出自己衣袋中的一沓钱，递到赶来的公社书记手中，其他领导纷纷掏自己的衣袋，被周书记一把按住了。

毋庸言说，老人当天就吃上了肥中带瘦的肉。

随后，周书记回到县城参加了县委的一个汇报会。会上他眼含热泪地讲了一段话——

"伊巧云老人今年83岁，在抗日战争和解放战争中，她牺牲了丈夫和三个孩子。在抗战堡垒红山村，做杨得志将军的房东时，为接待来往的将士，她曾一天做过九顿饭，为了让将士们吃饱吃好，她变卖了家中所有值钱物件和娘家陪送的嫁妆。现在，在我们领导下，生重病了，竟吃不上一口肥中带瘦的肉。同志们，我还有脸当他们的书记吗？"

说着，周书记突然抬手扇了自己一个耳光，说："我们这些大大小小书记的脸，还叫脸吗？"

这一记耳光打得是那样清脆，话说得那样沉重。坐在他身旁的县委书

1978 年 1 月，中共菏泽地委书记周振兴调研听取农民群众意见

记一下俯在桌上，低声哭出声来。“周书记，该打的是我，是我，请地委处理我。”一时间，所有与会人员都低下了头，收起了原先准备好的各自工作成绩的汇报稿。

读了这篇文章后，我忍不住落了泪。这是一位好书记，孔书记也是，是一位牵挂着百姓冷暖的好书记。

我们这里搞包干到户，是 1981 年的事。先是 1980 年底，岗巴县召开三级干部会议。会上，县委书记张华宣读了 1980 年 9 月中央下发的《关于进一步加强和完善农业生产责任制的几个问题》文件，文件中肯定在生产队领导下实行的包干到户、包产到户，不会脱离社会主义轨道。

我记得，孔书记那天宣读了日喀则地委《关于“双包”到户责任制中处理若干具体问题的参考意见（讨论稿）》。

会议明确提出以“两个长期不变”（土地归户、自主经营长期不变，牲畜归户、私有私养长期不变）为主要内容的农牧区改革。

会议内容引起了轩然大波，这些年来，一直强调“一大二公”，怎么说分就分呢？说真话，这个弯儿拐得有点儿大，我也想不通。

会后各个公社进行讨论，讨论的结果几天后上报到县委办公室。汇总意见后发现，各公社都没有行动。那天张华与孔书记在办公室里聊了一个上午，上级指示要不折不扣地执行，怎么解开思想疙瘩是当下面临的最大的问题。孔书记想到了调查研究这个法宝，没有调查研究，就没有发言权，更没有决策权。

孔书记主动请缨去各个公社调研，摸清农牧民的现状和真实想法，然后选一个公社作为试点，有了成功经验后再在全县推开。

孔书记定的调研计划是，进村入户，听真话，看实情。他还拍拍药箱叮嘱我，到村里不要叫他的职务，要叫曼巴（医生）。

第二天一早，我们从岗巴出发骑马前往直克公社。直克在岗巴的西北，不足千人，以放牧为主，土地少。我们到达海拔 5000 多米的吉荣村时已是下午，看到田里的草比青稞苗还高，孔书记的脸阴得吓人。我们在村边找个避风处吃了点儿糌粑，喝了几口水壶里的凉水，算是吃了午餐。

进村后，推开村头一家的篱笆院门，见院子很大，院角有个羊圈，两间土坯房，墙壁因年久失修“龇牙咧嘴”的。屋门大敞着，墙上贴着一张毛主席像，屋里有破桌一张，桌上供着一个石雕佛像，床板上有一张席和一床破棉被。

家里没人，我们在院子里等。大约半小时后，一个 40 多岁的中年男子赶着十几只羊，“喀喀喀”弓着腰、有气无力地走进来。孔书记问：“天还早就把羊收了？”中年男子说：“咳得不行了，头还疼。”他说着把羊赶到羊圈里，鞭子一扔，就倒在了屋里的床板上哼哼起来。

孔书记给他试了试体温，又用听诊器听了前胸后背说，发烧 38.5 度，肺有杂音，估计是流行感冒，又从药箱里拿出几片治疗感冒的药让他服下，还在他的几个穴位上扎了银针。

过了一会儿，中年男子身上觉得轻快了，坐起身来，说，你这曼巴来得正好，村里不少人都中了邪气，得了这种怪病，头痛得要裂开，人像掉了魂一样，今天还有人到五六里外的寺庙求佛去了。

孔书记一惊，问，生产队长呢？中年男子说，队长去走亲戚了，他叫桑拉，是生产队副队长。孔书记说，这不是中了什么邪，是流行性感冒，传染快，快去告诉村民们，到这里来给他们治疗。

桑拉趿拉着鞋到街上喊“曼巴来了，快来治邪病了”，不一会来了十几个人，孔书记忙着给他们扎针、分药。

天黑时，十几个到寺庙求佛的人回了村，听说来了曼巴，都忽拉拉来到了院子里。孔书记给他们一个个治疗着，尽管春寒料峭，但他脸上还冒着豆粒大的汗珠。晚上10点多钟治疗完最后一个病号，他长舒一口气，正要喝口水歇一会儿，一个少年跑来说，他奶奶的腿不好，走不了路，能不能请曼巴到家里给奶奶看看病。孔书记二话没说，背着药箱赶往他家。

村里还有五六个因腿疾、腰疾不能下地的，孔书记便一家一家地上门去治疗，半夜才回到桑拉家。桑拉早已睡下了，显然是因为感冒药里有镇定成分，叫了几声也没有回应。我只好从羊圈边找了块草苫子铺在屋里。孔书记可能是太累了，往苫子上一躺就打起了呼噜。我不敢再打扰他，悄悄地躺在他身边。

第二天一早我被桑拉推醒，让我帮他到羊圈里抓羊。我们把一只羊拖到院子中间，只见他从腰里拔出一把铜柄的藏刀，一刀刺在羊脖子上，羊血汩汩流到一个大盆里。接着，他剥了羊皮又开膛，再分割了投到屋门前的铁锅里。短短的十几分钟，他已点着牛粪煮上了羊肉。

他看到我们吃惊的眼神，说，杀只羊感谢曼巴，给村里那么多人治病。

孔繁森工作之余为农牧民看病

孔书记被他的热情感动了，悄悄把 20 元钱压在桌上的佛像下面，并与他聊村里的情况。我看到孔书记在笔记本上写道：直克公社吉荣村，土地 300 亩，人口 198 人、35 户，牲畜（集体有牦牛 10 头、羊 105 只，农户有牦牛 50 头、羊 200 只），全村人生活用肉能够满足，青稞年产量不足 5000 斤，平均每人 25 斤左右。

孔书记问桑拉："为什么青稞亩产不足 20 斤？"

桑拉说，他们村过去是游牧生活的，哪里有草往哪儿去，几十年前才在这里定居。村里过去一棵青稞也不种，这些年才开始种。地是村里集体开垦的，初夏的时候组织一些村民到好一些的地块撒种，苗和草一块长，到秋天就拿着镰刀去拨开草找青稞收割。赶上大旱，连种子都收不回来，大家就更不愿意种了，有些地到现在还一直荒着呢。

孔书记说："怪不得田里的青稞没有草高。你们光吃肉不吃糌粑吗？"

桑拉说：“要么先卖了羊再买青稞，要么到集市上或邻村直接用羊换糌粑。”

孔书记叹口气：“你们不是土地少，而是让地荒着，真让人心疼呀。如果把地分到各家各户，村里人还会不管不问吗？”

“过日子一分一厘不嫌少，地成了自家的就会上心了，只要用心用力，老冰坨子也能融化，何况是种地呢？”

一大盆热腾腾的羊肉端上桌，“羊吃胸叉，牛吃肋巴”，桑拉把一大块胸叉骨拿给孔书记，催着他趁热吃。孔书记分了一半给我，边吃边重复着“只要用心用力，老冰坨子也能融化”。

之后的几天里，我们又去了这里的三个村调研，印象还是：贫穷、落后和懒惰。

来到孔玛公社时，山上的草长得明显好多了，郁郁葱葱铺满山顶。在一块向阳的山坡上，我们正要放马去吃草，眼前的牦牛群里两头牦牛忽然打起架来。牦牛忽而用强壮的脖子和肩膀互相推挤，忽而用锋利的牛角刺向对方，边打边发出响亮的吼声。这种场面生人是不敢靠近的，我们只好四下张望，寻找放牛的人。

我和孔书记着急地大喊：“谁的牛群，快来看看！”却没有回音。

我们跑到山坳里，看到两个中年人把牛鞭扔到地上，正在玩骰子。孔书记说，你们的牛打起来了。他们玩得正起劲儿，没搭理我们。我又说，你们的牦牛打得浑身是血。其中一个人有些不耐烦地说：“打就打吧，死了做牛肉干吃。”

孔书记火了，大声呵斥道：“这是集体的牛，死了要负责任，现在你们马上去管管牛！”他们抬头看到了我肩上斜挎的枪和孔书记身上的药箱，觉得我们是“有来头”的人，马上挥着鞭子跑向牛群。

牛群安静了下来，孔书记的心却没有平静。他说：“这些人也是‘老冰坨子’。”

再往山下的村庄走，孔书记突然脚下一滑，摔倒在地上。我立即扶起他，他拍拍裤子上的土说：“没摔着，没事，咱到那个村里转转看。”

我忽然发现他的蓝裤子后裆被石头划开了一条十几厘米的口子，里面的红秋裤露了出来，十分显眼，忍不住笑了起来。孔书记两手一摊说，没带替换的裤子，这可怎么办？

我眉头一皱，计上心来。我让他趴在一个土坡上，从药箱里拿出一块白胶布，撕成条，把他裤子上的口子给粘上了。接着，又拿出钢笔，给白胶布涂上蓝墨水。然后，我对孔书记说：“这下你尽管放心了，不会有什么破‘绽’了。”

孔书记用手摸摸粘合的口子，表扬我脑子转得快，还嘱咐我，以后在药箱里放一个针线包。他刚当兵的时候，新兵连给每个人都发一个针线包，衣服破了自己缝补，挺方便。

刚到村口，遇见一群牧归的羊，有几只调皮的羊跑到路边的青稞田里吃青苗。我们骑马过去阻止，见这片地里的青稞稀稀落落，特别是路边的青稞苗已被吃得所剩无几。

放牧的年轻人倒不高兴了，说：“这几只羊吃草没吃饱，让它吃几口苗没什么。”

孔书记说：“吃上一片青稞就是一家人的一顿饭，这怎么能行？”

牧羊人不服气地说：“队长说了，这片青稞可以让牛羊吃，青稞也是生产队的，牛羊也是生产队的，牛羊吃了苗长肉，大家再吃牛羊肉，这不是一个样儿吗？”

孔书记一听，急了，对牧羊人说：“去找你们的糊涂队长来。”

牧羊人嬉皮笑脸地回答：“去吧，队长正在玩骰子呢。”

孔书记摇摇头，对我说：“事不关己，高高挂起。包干到户，就是自己咬自己的肉，心疼了，也就上心了。”

我们到了生产队办公室，果真，有几个人正在玩骰子。生产队长认出了在县里三级干部会议上宣读文件的孔书记，立马笑脸相迎。孔书记劈头盖脸对他就是一顿训斥，追问他“牛羊吃了苗长肉，大家再吃牛羊肉”的说法。队长低着头承认说过这话，他觉得村头那几亩青稞长得不好，进出村子的牛羊又乱啃，干脆改种土豆。

孔书记勃然大怒：“你这是在糟践粮食糟践地，你不配当这个队长！”

调研了 30 多天后回到岗巴，孔书记的笔记本密密麻麻记满了，但药箱却空了。他打发我到县里买药，还列了个药品单子，可在钱包里只翻出来 48 块钱。他只好又给县医院的土登医生写了一封信，意思是如果药费不够，先记账，等 8 日发工资时一并结清。

我说：“孔书记，你每次买药都花五六十元，工资都搭进去了，自己连饭都吃不上了。”

他说：“这就叫好钢用在了刀刃上，你知道看到病人减轻了、好转了，心里是什么滋味吗？那真是打心里高兴呀。”

孔书记把自己关在屋里写了一份《岗巴县包干到户的调研报告》，我当了第一读者。我看到，材料打破常规，在第一段写道：农牧民自留地里的青稞为什么比集体的青稞长得好？自家养的牛羊为什么比生产队里的牛羊健壮？通过这次对岗巴所有村庄的调研，得出的结论是，要快些实行包干到户，快些把农牧民的积极性调动起来。岗巴不能再等了，老百姓不能再受穷了。

这份调研报告在县里反响强烈。很快，县委、县政府决定由孔书记牵头，将昌龙公社作为包干到户试点。

昌龙的“老冰坨子”能不能融化呢？

2/

没了村集体经济，就像灶膛里没了柴火，这一大锅水还能烧得开？

我和孔书记骑马去昌龙。孔书记说，你看田里的青稞绿油油的，这是一幅多么漂亮的画呀，谁说画里的东西不能吃，再过几个月画里的青稞就上餐桌了。咱们搞包干到户不就是为了让农牧民们有足够的青稞吃。

我说，两年前，你说凤阳县凤梨公社小岗村冒险实行土地承包时，我还以为是搞资本主义，现在想来，土地承包与那是两回事，土地承包是为了让老百姓快些过上好日子。

走到乃村，格热已在村口等着了。一见面他一把抱住孔书记："可把你等来了，我这几天愁得饭吃不下、觉睡不着。"

孔书记问："是包干到户的事？"

"是呀，全县包干到户的试点定在昌龙，怎么个弄法我心里没谱，咱们得好好地合计合计，地怎么分？牧场怎么分？马牛羊驴怎么分？集体的东西怎么分？”

这时，努穷骑马来了，他说的第一句话也是“这几天愁得吃不下饭、睡不着觉”，他最担心的是，队里的岗巴羊加工厂和驮队还能成立吗，他这个队长以后还干不干。说着说着，竟然哭了起来：“好好的大集体，怎么说分就分了？”

来到公社办公室，孔书记拿出他的红皮笔记本，对大家说：“咱们这样分行不行？土地、牧场、牲口、农具按人头分，公平公正；生产队长要安排各项集体用工，组织好集体方面的大农活，要帮助农牧民搞好科学种田，还要出主意，找门路，发展多种经营和工副业生产。”我知道，这是孔书记这些日子一直琢磨的事。他的提议简单明了，让大家舒了一口气。

努穷说，岗巴羊加工厂和驮队算不算工副业生产？孔书记说当然算，这是集体的“台柱子”，以后还得加劲加固加高呢。不光亚欧村的工副业，还有林嘎的酥油厂、普村的青稞酒厂都是集体的工副业，可以由专人承包，上缴利润给集体。以后集体经济变好了，农牧民就都不愁吃喝穿了。

孔书记又说，包产到户，不是一分了之，不能撒手不管，没了村集体经济，就像灶膛里没了柴火，这一大锅水还能烧得开？俗话说得好，手里没有一把米，鸡都不围着你转。村集体经济宽裕了，村干部才有号召力、凝聚力，说话才管用，腰杆子才硬。之前都是以队为单位，公社抓队，队抓户，环环相扣，现今以家为单位，少了中间环节，一旦村组织跟不上形势，就变成一盘散沙，村集体经济是农民的靠山，什么时候都不能撇下农牧民兄弟不管。党支部要带领老百姓致富，分田、分地、分牲口，但是不能分心，心分了，就聚拢不起来了。

努穷高兴地吹了几声口哨，又唱起“水要再不舀，河就干了……”格热故作严肃地说，这是开会，怎么能乱吹乱唱？努穷的歌被“憋”了回去，格热却亮开嗓子唱起那段藏戏：“你看那雪山上铺满哈达迎王妃，牛铃响喜讯传遍山山水水……”原来他以为包干到户以后，集体就变成了“光杆司令”，没想到是换了个法儿奔富。

孔书记对格热说，昌龙是县里的试点，昌龙也要先选个村做试点，再推向全公社。努穷自告奋勇，要将亚欧村作为试点，早一天包了，早一天干。孔书记说，由集体一块干到单干，农牧民会接受不了，这个“弯”要转，特别是过去的懒人，吃不着“大锅饭”还会不舒服，今天晚上咱们就去跟亚欧村的乡亲们见个面，聊一聊。

亚欧村共有 32 户，下午努穷就通知各家各户晚上派一名代表到生产队开会，天傍黑时到了 31 个人，只有一个寡居的瞎眼莫拉（老年妇女）因看不了路缺席。大家看着墙上用红纸写了“亚欧生产队包干到户讨论会”的横幅，不知道什么意思。努穷清清嗓子说：“包干到户，就是把生产队的耕地、牧场、牲口和马车等农具分到每一户；收的粮食由生产队进行核算，交够国家的，留够集体的，余下的都是自己的。”

他的话音刚落，会场一下就炸开了锅，有的说好，有的说孬。“生产队的东西都分了，集体就没了，还叫社会主义吗？”“就是啊，没了集体各干各的，那不是牛犊子耙地——乱了套！”“这一分肯定能多收青稞，牲口养得也比从前好，我赞成。”“懒人少吃，勤快人多吃，也算公平合理。”

努穷觉得会场太乱了，让大家安静下来。孔书记拍拍他说：“让大家讲，把心里的话都说出来，咱们再解答，要不开这个会干什么？”

其实，说来道去花了半个晚上，可以看出，大多数人是赞成包干到户的，但担心没有集体就没了靠山，遇到事情怎么办。

看大家说得差不多了，孔书记起身说：“我是来蹲点的老孔，也是一名党的干部。过去咱们受农奴主欺压、剥削，吃尽了万般苦头。后来西藏解放了，农奴翻了身，但是还没富裕起来，现在有了这包干到户新政策，目的就是让咱们吃饱饭、吃好饭。对待没有劳动能力的人家，能包则包，能少包则少包，不

西藏民主改革前的旧时村庄

能包的由生产队供应基本的口粮，共产党绝不让老百姓饿肚子。”

会场安静了下来。

孔书记又说，咱们的土地和牧场是承包给各家各户的，但所有权还是集体的，改变的只是经营方式。你们大家想过没有，为什么要改变经营方式呢？那就是要提高大家的劳动积极性。你们想想看，如果大家对集体的地像对自留地一样，如果拿集体的牲口当自家的养，会是怎样呢？咱们有了查筑水塘，青稞长得好了，如果大家再拼上劲干，日子能不好吗？“绳不拧紧容易断，人不团结做事难”，咱们的集体散不了。

会开到下半夜，我看到许多人脸上“阴转晴”，问什么时候能分到自己的地、自己的牧场。

一连几天，努穷领着一帮人丈量生产队的土地、牧场后，分成三等，好坏搭配，按人头定数量；清点牛羊马驴和各种农具，而后登记造册，最后把所有清单交到公社审定。

几天后的一个上午，亚欧村村民全都集中在大队办公室门前，努穷把各家应分土地和牧场的清单念了一遍，领着大家去认地、认牧场，户与户之间用木橛子作了标记。

村里有800多亩土地、2000多亩牧场，用了一天的时间才分完，可问题又来了：有的农户嫌地离村远，想往近处调；有的则嫌地离村近，怕牲畜糟蹋庄稼。努穷说，队里把权交给你们，自由结合自己调。还说，大家知足吧，青稞苗子是生产队播的种，过不了几个月就该收割了，这不是往大家的嘴里送粮食吗？

众人一想是这个理儿，皆大欢喜。

第二天接着分牲口，生产队把300多只牛羊马驴分成老、中、小三等，搭配分配，村民们没有提出什么意见。分农具时遇到了麻烦，生产队里有镰刀、耙子、木犁、锄头、扁担、箩筐、板车、马车、竹筛、铁锨、犁耙等，怎么分也不够分，比如只有5架木犁、两驾马车。后来琢磨出的办法是，几户一个单元，农具共用，谁损坏谁包赔。

中午，有人清理生产队仓库时发现了十几米忘记登记的氆氇。一个年轻人拿着把剪刀跑过来说，想把氆氇剪成32条，一家一条，不偏不向。

这个时候，我和孔书记恰好赶到。他一听，大喝一声："住手，荒唐，真荒唐呀！你知道，氆氇剪成条就糟蹋了，为什么还要剪呢，这是存心不善。包干到户，不能在人与人之间垒一堵墙，你们知道村北寡居的莫拉吗？你们知道她只有一件破衣裳、吃了上顿没有下顿吗？你们摸着胸口想一想现在这样做对吗？今天我做主，把氆氇送给她老人家。"

没想到，孔书记会为十几米氆氇发这么大的火，他一连串地发问，大家都呆在了那里。

更没想到的是，这时，一位瞎眼老人颤抖着走了过来，怀里抱着孔书记灰色的中山装，手里握着一些钱，口里喊着“好心的曼巴，你在哪儿”。来人正是我和孔书记刚刚见过的莫拉。

上午来到亚欧村时，孔书记记起村里开包干到户讨论会上说的那个缺席的瞎眼莫拉，便打听着在村子最北面找到她家。眼前的景象不由让人鼻子发酸，她家里只有一间土坯草顶屋，墙上有很多裂缝，透过屋顶能看到天；屋里有一块大木板，上面放了一床露着灰黑色棉花的被子；三块石头支起的炉灶上放着一个黑瓦罐，旁边一个灰瓦罐里的糌粑剩一个底儿。

瘦骨嶙峋的莫拉听到动静，问是谁来了。孔书记说是曼巴。她赶忙站起身双手合十说，菩萨保佑让曼巴来给治病了。孔书记给老人把脉，掰开她的眼睛看到了混浊的瞳孔。

老人说：“我 80 多岁了，40 年前，我儿子和他阿爸去放羊，赶上了暴风雪再也没有回来。我天天想他们，哭着喊他们，眼睛快哭瞎了，你看看还能治不？”

孔书记说：“你这是得了白内障，用药物治疗的作用不大，得去日喀则的大医院动手术。”

“手术是什么，是不是把雄鹰的眼睛安到我的眼里，让我看山看水看牛羊？”

“老人家，你等着，会有一天让你看到白云山水牛羊的。”

孔书记眼睛湿润了，对我说：“她和我老娘年纪差不多，我来时老娘也查出了白内障，也还没有做手术呢。”

他看着老人打了补丁的上衣露了肩膀，便把身上那件灰色的中山装脱下来披在老人身上，又把钱包里仅有的 5 张 10 元的钱币塞到老人手里。

没想到，我们走出老人的家门后，老人竟然听着我们的脚步声跟着来到了这里。

孔书记一把拉住她说：“老妈妈，这衣服和钱是送给你的，收下吧。”

老人把衣服和钱往孔书记怀里塞：“我怎么能要好心曼巴的东西呢，你又不是我的儿子？菩萨会怪罪的。”

孔书记推回老人的手：“老妈妈，就当我是你的儿子吧！”

老人还是不要：“不能要，好心的曼巴。”

孔书记着急了，单腿跪在地上：“老妈妈，你就收下吧，你不收我心里不安呀！”

老人惊讶地张大嘴巴，眼泪从混浊的眼里沿着深深的皱纹流到腮上。她用手摸着孔书记的脸，说：“宽额大脸，我觉得你还真像我的儿子，孩子，你起来，阿妈收下！”

孔书记这一跪，跪出了好多人的泪水，那个想拿剪刀剪氆氇的年轻人羞愧地低下了头。努穷大声说：“等咱们的岗巴羊加工厂成立了，赚的第一笔钱就给莫拉治眼睛。”

我流着眼泪拉起孔书记。如若不是亲眼所见，我真的不敢相信，一个汉族的奔布拉在西藏一个贫穷的小村庄里，看到一位素不相识的藏族孤寡贫困老人，会拿出身上所有的东西帮助她，并且还跪在地上求她收下。

我觉得，孔书记恨不得把自己冒着热气的心取出来，给那些贫困受难的人取暖……

不久，昌龙公社组织各村生产队队长在亚欧村召开包干到户现场经验交流会，努穷把分地、分牧场、分牲口、分农具的经过和办法讲了个明白，各生产队队长回村后依葫芦画瓢，很快把包干到户推广了下去。接着，县里又在昌龙公社召开包干到户现场经验交流会……仅仅一个多月的时间，岗巴包干到户落实到位，在日喀则拔了头筹。

3 /

“老人家，你说错了，世上没有父母官，农牧民才是我们的衣食父母，没有你们的衣食，什么官也当不了！”

青稞快成熟时，望果节就来了。

望果节的“望”是指庄稼，藏语叫“望卡”或“兴卡”，“果”是转圈的意思，即绕着丰收在望的庄稼转圈，也叫“转田”，这一天，农牧民会把各种谷穗插在神龛上祈求风调雨顺、五谷丰登。

今年是包干到户的第一年，家家把青稞当宝，天一亮就下地除草、浇水，苗子长得又壮又水灵，成片成片的青稞撩得人心里痒痒的，好像只有热闹一下才能释放心头的快乐，所以今年昌龙的望果节格外热闹，各村的人都往这里涌来。

我和孔书记、格热也要去“转田”。走在昌龙的大街上，看到人们身着新装，背着酥油茶和青稞酒准备“转田”，队伍前是两个村姑打扮的“拉姆”（仙女），以示天仙下凡同庆丰收；紧接着是由喇嘛和老农人组成的仪仗队，高举

孔繁森与藏族同胞欢度节日

佛像，吹着佛号，背着经书，感谢上天给他们带来了风调雨顺和好收成；最后是戴着红帽子、挎着弓箭的 8 个藏族汉子，口里喊着“恰古修、央古修”（招财引福）。人群里有人提着青稞酒向准备“转田”的人一一敬酒，好似出征前为将士们壮行一般。喜好喝酒的人会从自己的衣襟里面掏出酒碗，饮后方可通过。喝青稞酒不分男女，女人没有带酒碗的习惯，只好以手当碗捧酒喝，边喝边洒，满脸满身都是青稞酒的酒香。

许多人向孔书记和格热打招呼，孔书记总是双手合十，说一声“扎西德勒”，但喝酒是逃不掉的。格热从衣襟里拿出个木碗，可我们没有酒碗，就从挎包里拿出水壶，把里面的水倒掉，让敬酒的人把青稞酒灌到壶里。

你敬他也敬，许多人端着碗里的青稞酒围了上来。大家端起酒碗说一声“恰古修”，仰脖喝了下去。

丰收后，喜气洋洋的藏族人民

丹增和曲松来了，跑过来向孔书记和格热问好。孔书记问他们村里青稞长得咋样。

曲松说：“差不了，家家都在造囤呢。”

丹增说：“村里不光青稞长得好，牲口的地位也提升了，各家的牛圈羊圈修得比过去好多了，过去牛生小牛不用管，现在谁家的牛要生了，都跑来叫我去当‘接生婆’，就差伺候月子了。”

笑声在昌龙的大街上一阵接着一阵，这是多少年来没有的“盛景”。

随着几声鼓响，“转田”的队伍启程了。旁边还有妇女们左手握着吉祥彩箭，到了地边采几根青稞穗握在右手，载歌载舞。

孔书记深情地看着他们，眼睛湿润了：“我真的舍不得离开这里呀！”

昨天上午，孔书记接到了援藏期满的通知，我当即为他拍手道贺。他当时也挺兴奋，以水代酒和我碰了一下杯说，日子真快，一晃快三年了，老娘又得显老了，孩子们又长高了。他在屋里来来回回走了很长时间，坐下来又说，回头想想，这几年在岗巴也没干什么出彩的事，还是愧对了这里的乡亲们哪。

晚上，孔书记在床头的酥油灯下写东西，我以为是给家里写信，告诉家人这个好消息，就躺下睡了。第二天早上，我看到一份材料，题目是《昌龙包干到户后怎么引导富帮穷》，我一下子明白了，孔书记是在抓紧干没有干完的事。

我们随着“转田”的队伍转了一个上午，不论转到谁家的地边，孔书记都要走进去看一看，地是种密了还是种疏了，水浇多了还是浇少了，总是耐心地指导户主。有个户主问，包干到户后到哪里去打场，村里就一个场院，怎么容得下这么多户？孔书记说，打场就是找块平地用碌碡轧轧，非常容易，可以在自家地头上开个小场院，还省了运输的麻烦，打出青稞后直接装袋拉回家就行了。户主高兴地说，这个办法可行。大家也连连拍手叫好。

努穷和加央也来“转田”了。努穷说，这几天他就考虑场院不够用的事，孔书记这一点拨，问题解决了。

加央把一穗青稞在手心里搓出绿仁，在嘴里嚼着，点着头说，今年青稞灌浆好，有嚼劲，酿出的酒会更好喝。

下午，“转田”的队伍回到了昌龙，又开始绕着乃村转，路边人家的屋顶上，老阿妈们一手端着糌粑，一手拿着吉祥彩箭，朝着“转田”队伍的方向不停地摇动着。来到格热家门口时，见摇动彩箭的人是拉吉，格热说：“快生火做饭，今晚孔书记来家里过望果节。”

孔书记说：“好，晚上我让你们尝尝山东的饺子。”

我们来到格热家，孔书记和了面，又去剁馅、调馅，然后把和好的面和馅端到桌上。孔书记说，饺子虽小，里面也有门道，“面团圆圆杖下扁，筷子取馅面中填；巧手捏出玲珑褶，皮薄馅大锅不沾”。

“好吃不过饺子，”孔书记像是自言自语，“山东人啊，最爱吃饺子，逢年过节吃饺子，亲朋相聚吃饺子，久别重逢吃饺子，离别不舍吃饺子，不知道吃啥还是吃饺子。但过去一年到头吃不了几回好饺子，白面饺子只有来了贵客或过年的时候才吃得上。肉饺子更是难得，年三十晚上也吃不饱。”有一年过年，他挨着老娘吃年夜饭，发现自己碗里的饺子皮少肉丸多，他以为下饺子时候皮破了，等吃完看看娘碗里的饺子才知道，娘用筷子把她的饺子掏了洞，把肉丸掏给了他……

擀皮、包饺子，孔书记忙活了好长时间才包完，而后又到锅里去煮饺子。“三滚三浮”，饺子出锅。孔书记尝了一个，半生不熟，他意识到这里气压低，水温 70℃就开锅。他灵机一动，在铁锅里放了块肥羊肉炼出油，再把半熟的饺子放进去煎，只煎得香气满屋。

热腾腾的煎饺端上了桌，大盆的岗巴羊肉冒着热气，一碗碗的青稞酒散发着酒香。

孔书记站起身向格热夫妇鞠了一躬：“山东有起身饺子落脚面的说法，人出远门离家时叫‘起身’，从远方归来进家门称‘落脚’。我这条命是藏族兄弟救的，我把岗巴、昌龙当成了我的家。地委和县里通知，我要‘起身’回山东了，今天吃的是‘团圆饭’。”说着，他眼含泪水喝了一碗青稞酒。

格热一把拉住孔书记的手，颤抖着嘴唇说不出话来，“咕咚咕咚”喝了一碗酒才说：“好兄弟，这么急吗，能不能再多待些日子？”

孔书记又说：“我还有个事放心不下，得求你帮忙。包干到户后农牧民的积极性被‘挑’了起来，怕的是只顾自己，钻进自私的牛角尖。公社得出台个措施引导富帮穷，比如怎么养村里的孤寡老人？对老弱病残该怎么办？我写了几条，你看看可行不可行？”

我把孔书记昨天晚上写的那份材料交给格热，他边看边念：“提留留一点儿，集体帮一点儿，大家捐一点儿，‘三合一’帮困济贫。可行，好！”他向孔书记鞠躬：“你的心真好，你想让全天下人都过好日子，你是菩萨心肠！我这辈子没有看到比你还好的男人，没见过比你还好的奔布拉！”

四目相望，两双手紧握，他们热泪长流。

…………

第二天，孔书记要回山东的消息不胫而走，许多人没有下地，没去放牧，聚到了公社大院里。中午，县里派的吉普车来接他时已是人山人海。孔书记从公社办公室走出来时，人群“哗”地围了上来。有的拿着鸡、鸡蛋、牛肉干，有的提着羊腿，有的抱一大桶青稞酒……每个人的手里还带着一条洁白的哈达。

孔书记双手合十：“乡亲们，心意我领了，东西我一点儿也不能收，这是纪律；哈达是你们真诚的心，我收下，扎西德勒！”

哈达戴在孔书记的脖子上，一条、二条、三条……几十条洁白的哈达在风中飘动，像白云绕山。

加央领着巴旺爷爷走过来，巴旺爷爷双手拉着孔书记：“我的老寒腿好了，可又有心病了。”

孔书记关切地问：“是胸闷还是憋气？”

老人摇摇头：“我是舍不得你走啊，你走了我心里会放不下的，这不是心病吗？”

孔书记抱着他说：“放心，我会回来看你老人家的！”

老人还是舍不得松开手：“孔书记，你是个好官，好奔布拉，真是我们的好父母官呀！”

孔书记动情地说：“老人家，你说错了，世上没有父母官，农牧民才是我们的衣食父母，没有你们的衣食，什么官也当不了！”

孔书记背上了背包，像3年前来的时候一样，背包里是铺盖、几件衣服和那个菜墩，黄帆布挎包里是水壶、手电、笔记本、火柴，只是脖子上多了层层叠叠的哈达，俨如盛开的雪莲。

孔书记拉开车门上车，乡亲们喊着：“孔书记，你是大菩萨奔布拉，我们等你再回来啊！”

孔书记又下车向乡亲们挥手：“乡亲们，你们是我的衣食父母，也是救过我命的人，这里我永远忘不了，我要报答你们的救命之恩！”

吉普车远去，乡亲还久久地站在那里。挥手。再挥手。

中午回到县里，一位干部和我说，快给孔书记托运行李吧。我说，孔书记没有什么行李。那位干部惊愕地问，不对吧，起码还有凭票供应的自行车、大米、罐头、西藏的各种特产呀，你没看见其他人托运的大木箱子？我说，孔书记什么都没有，几乎所有的物品都留给了昌龙的乡亲们。

后来，我常常回忆起那天给孔书记送别的情景，为什么那么多人舍不得孔书记离开？答案是，他把百姓捧在心上，百姓把他记挂在心里。

གམ་པ་རྫོང་གི་ཆ་སྙོམས་ས་བབ་མཐོ་ཚད་སྨི་4700ཟིན་པས། སྐྱེ་བོ་ཀུན་གྱིས་ཆེ་སྲོག་གི་འགག་སྒོར་གྲགས།

གཞི་བརྗོད་ནི་རྣམ་ཀུན་གྱི་བྱ་བ་ལས་འབྱུང་ལ། དཀའ་ངལ་ནི་ཡུན་རིང་གི་ལོ་ཟླ་ལས་མཆེད།

ཁྱུང་ལྡན་སེན་སྙིང་སྟོབས་ཀྱི་ཤུགས་རྐྱེན་དང་སྐྱུལ་སྐྱོང་འོག ངག་དབང་ཚོས་ཉིད་ཀྱིས་མཚོན་པའི་སྐབས་མི་གཅིག་པའི་རྒྱ་བོད་ལས་བྱེད་པ་དག་གིས་དཀའ་བ་དང་བླངས་ཀྱིས་གམ་པ་གསར་པའི་འཛུགས་སྐྲུན་ལ་གཞོལ།

第七章

回藏／还是那个透明的他

孔书记化名洛珠献了 300 毫升的血，

拿着医院给的 300 元营养费，

孔书记走出了献血室。

1 /

这是孔书记给出的一道“岗姆冲”试题，看我能不能解开。

我一直觉得孔书记没有离开，一直还在岗巴，可他回山东了，我送的他。

走在街上，我觉得前面那个个高肩宽的人是他，他在大步往前走，还不时回头看我；我来到县委办公室，觉得孔书记就在隔壁，过一会儿会过来叫我下乡；我踱步走到他住过的宿舍门口，期待着他推门出来，喊一声“阿旺”，再拍拍我的肩膀。我知道孔书记最爱穿灰色中山装，我也做了一件天天穿在身上……这就是念想吧，打从心里敬佩一个人，就会不由自主地学着那个人的样子做。

我们通过书信联系，鸿雁传书是件快乐的事情，仿佛在与他面对面聊天，把自己的所思所想告诉他以后，就像学生交了作业，等待老师批改打分，也像跟好朋友打乒乓球，小球在朋友之间来回飞转，球就是一封封的信、一份份的牵挂。我很怀念和孔书记之间写信、收信和读信的日子。

我写信说，县里安排我当了食堂管理员。他回信说，兵马未动，粮草先行，管好了食堂，等于为岗巴建设做贡献。我说，县里又安排我当了文书，我应该怎样才能写好材料呢？他说，写文章的技巧无非是起承转合，但要想写出好文章还得走出去，好文章不只在办公桌上，在青稞田里，在牛群羊群里，在农牧民的锅碗瓢盆里。

快过年了，他给我寄了一幅他自己画的飞鹰图，图上还题了王维的名句“草枯鹰眼疾，雪尽马蹄轻”。他在信中说，这是对我的新年寄语，看事情要有鹰一样锐利的眼睛，干起工作来要像冰雪消融后飞驰的快马。我把画挂在办公室的墙上，抬眼就能看到，每天都在找鹰和马的感觉。我觉得孔书记把情感都融进了笔墨里。他知道我爱写写画画，还建议我也画画，可我没坚持下来。

有一天我写信告诉他，全县的公社已恢复了乡制，我已申请到贡巴楼乡工作了，去磨一磨、练一练。他回信鼓励我大胆干，信中还提及那次调研时在门德村看到的卡垫，卡垫是岗巴一宝，如果以后能做成产业，就能撬动经济发展，也会成为岗巴的经济支柱，最终受益的是这片土地上辈辈受穷的老百姓们。

我记得 3 年前那次调研时，我和孔书记来到贡巴楼公社的门德村，刚进村就听到一曲婚礼上的迎宾歌：“我已铺好雪域藏乡的四方羊毛毯，那上面铺好了卫藏花穗齐全的毛氆氇，最上面铺好了带穗的锦缎毯，毡毯上撒满了青稞、羊毛和柏叶，请送亲的客人高高兴兴下马进家门……”

我们赶过去看，见新娘缓缓下车，踩踏着图腾布包（上面是青稞，下面是茶叶）；新郎给新娘用柏树枝蘸了水和牛奶抛洒，而后同坐在卡垫上接受大家的祝福和哈达。

婚礼上的摆设色彩艳丽，五颜六色的卡垫吸引了孔书记。他问生产队长平措卡垫是哪里来的。平措自豪地说，村里家家户户都会做卡垫，主要是自家

岗巴藏族同胞的婚礼

用，逢年过节相互赠送，结婚生子当贺礼。这里的卡垫也叫“岗姆冲”，意思是岗巴卡垫，是西藏民间最早的卡垫。

这次孔书记的来信又提到卡垫，不由让我茅塞顿开，这是他给我出的一道“岗姆冲”试题，看我能不能解开。我想，自己身为贡巴楼乡的副乡长，分管乡镇企业，若在门德村成立一个卡垫厂，把各家各户的卡垫集中起来，捆绑在一起推销，让“岗姆冲”火起来，这不就是“岗姆冲”试题的答案吗？可是，这道题答不好或答错了，就会劳民伤财。

孔书记在信里跟我讲，要学学陈云同志，陈云提倡“踱方步”，意思是说不要整天陷在事务堆里，要拿出时间来思考一些大事。陈云还常讲“瓜皮帽，水烟袋”，是指在旧社会的商店中，有一种人，头戴瓜皮帽，手拿水烟袋，他们不站在柜台前卖货，而是在后面观察，专门考虑店里什么货缺、什么时候应

婚礼上，岗巴的藏族男女会穿上最鲜亮的服饰

该进什么货这类大问题。我渐有所悟。

琢磨再三，我问自己，若是孔书记还在岗巴，他会怎么干？他会坐在桌前眯着眼想，或者在办公室里来回踱方步。按他的行事风格，他会先去摸底，搞清楚“是什么”，再定“怎么干”。

“是什么”呢？我住在了门德村，过去的生产队长平措是现在的村主任，他领着我挨家挨户了解情况，为卡垫“把脉”。卡垫，是藏族家庭不可或缺的日常生活用品，是以羊毛为原料织造成的小型藏毯，与波斯地毯、土耳其地毯并称为世界“三大名毯”。门德村做卡垫已有近千年的历史，所用的原料是岗巴羊羊毛，羊毛柔细，这是当地卡垫好于西藏其他地区卡垫的“秘诀”。另外，这里出产的卡垫图案丰富，有二龙戏珠、彩云飞龙、青龙彩凤、花鸟等，单独纹样还有龙、凤、仙鹤、鹿、宝马、蝙蝠、蝴蝶、云纹、海水纹、宝相花、牡丹、兰花、梅花、竹、山水等，小小的门德村简直是一个“卡垫窝”，一个色彩缤纷的“卡垫世界”。

门德村里的编织“状元”叫尼玛嘎姆，20多岁，与许多藏族姑娘一样，她有一双清澈明亮的眼睛和甜甜的笑容。她说，手艺是一辈一辈传下来的，她的阿妈从小就教她织造卡垫，十几岁已是炉火纯青，无论是一朵花、一只鸟，还是传统图案，她看一眼就能印在脑子里，并通过织机和巧手“复制”到卡垫上。

我坐在尼玛嘎姆的身旁，看她织造卡垫。只见她用古老的“穿杆打结”法编织，脚踩动踏板带动桄综，经过经纬交织、上下交错的穿线方法，卡垫上自然形成了纵横条纹，看上去错落有致、层次分明。再看卡垫背面的疙瘩造型也别具一格，粗犷古朴中透出自然和谐之美。我真的被她这双巧手所折服。她拾个树棍儿或瓦片儿，在地上、石头上、墙壁上，甚至在腿上画。她说，这叫谋着，心里谋着个啥就能织出来个啥样儿。

平措说，前几天从北京来旅游的一位美术师要看村里最好的卡垫，当他见到了尼玛嘎姆织造的花草图案的长毛卡垫后，连声说好，还说藏区其他地方的卡垫图案有的古板，有的过分夸张渲染，只有这里的卡垫图案分寸把握得最好，把飞鸟花草都织“活”了。

尼玛嘎姆说，卡垫看起来鲜活灵动是因为她把祖传的图案改了，比如把静止的花改成风中的花，再加上蜜蜂、蝴蝶，画面就“活”了。还有，好图案来自多个方面，岗巴羊毛好但油脂多，要在水中捶砸挤压，用碱水洗净；再用弓弦、皮条、细竹弹毛；还要用本地的植物、矿物质、色土上色染毛，染出深蓝、浅蓝、黄、浅黄、橘黄等十几种颜色，颜色越多，搭配得越丰富。编织时手中的线还要一丝不乱。

“卡垫窝”让我心里有了“底气”，接下来就是琢磨“怎么干”。

我和平措商量要成立家卡垫厂，村里所有的卡垫手艺人都是厂里的工人，统一收购大家编织的卡垫后销售，利润交给集体。平措高兴得合不拢嘴，当天就召开群众大会通知这件事。我看到开会前，家家户户的老老少少聚到村里的广场上，他们拿着自己最得意的作品“显摆”。这个的“二龙戏珠”用线匀称，那个的“彩云飞龙”鲜艳夺目；这个的“花鸟”编得有些拥挤，那个的“蝴蝶”用色不准。大家品头论足，有时争得面红耳赤。最后，大家请尼玛嘎姆评判。这位姑娘真是干织造的天才，色、线、层次说得头头是道，还能说出手艺人在编织的过程中因速度快慢造成的视觉影响，直说得大家口服心服，都叫她“巧手嘎姆”。

这个时候平措对大家说，门德村是“卡垫窝”，可这些年来很少有卡垫买卖，咱们让手艺变钱，成立一个卡垫厂，收购大家的卡垫，让“巧手嘎姆”当质量检验员，以质论价。大家一下子兴奋起来，唱起了歌，跳起了舞。尼玛嘎姆不光是“巧手嘎姆”，她的歌如溪流淙淙，舞若春风杨柳，喝彩声四起。平措拿来纸笔，我分别用藏汉文写下了“门德卡垫厂”两行大字。我这是第一次写厂名，汉文的“厂”字用的是繁体字。

热闹过后，我们从县里办了营业执照，但启动资金成了难题。我想，若是孔书记在这里会怎么办呢？他会毫不犹豫地把自己的钱拿出来。对，我也要这么做！我马上到银行取出所有的积蓄拿到卡垫厂，平措过意不去，也把自家的钱拿来了，“巧手嘎姆”精选了十几个精品卡垫免费送到厂里当样品。

万事开头难，卡垫往哪里卖？怎么推销？若是孔书记，他又会怎么办？他会带着我马不停蹄地走出去跑销路。对，我也这么做。我和平措带着干粮拿着卡垫样品跑到了日喀则。

一开始，我们在街上举着卡垫求买家，问的多买的少。后来，我们哪里人多往哪里去，这叫蹭“人气”，一天能卖上七八个。那天，我们在扎什伦布寺大门口遇到一位四川游客，他看到卡垫爱不释手。当知道这是岗巴羊毛织出的“岗姆冲”时，他跟着我们来到门德村，看到“巧手嘎姆”的编织技艺赞不绝

岗巴卡垫

口，一下子订购了 100 个，总货款 5 万元，卡垫厂收到了“第一桶金”。

我和平措趁热打铁，又跑日喀则的工艺品经销店，签了几十家代销合同，一年卖了几百个卡垫。

年底“算盘响”，卡垫厂收入 30 万元，利润五六万。门德村的人高兴了，集体经济有“根”了，村里的贫困户从此可以吃得饱、穿得暖了。

几年之后，卡垫厂越做越大，名声越来越响。过年了，我又用墨把“门德卡垫厂”的牌子描了一遍，显得跟新的一样。这里成了岗巴县的卡垫销售集散地，全国各地的客户纷纷来厂订购。随之而来的是村里修路，村民盖房……“岗姆冲”真的“冲”了出去。这道“岗姆冲”的题我答对了。

1988 年 10 月的一天，我给孔书记写了一封长信，把办厂子的过程说了一遍。他的回信很简短：“阿旺，祝贺你，‘草枯鹰眼疾，雪尽马蹄轻’是也。

岗巴卡垫

我将近日带领15名山东援藏干部去拉萨，面叙。”信中附有他写的一首长诗，题目是《第二次出征西藏》：

我不喜欢孤独的吟唱，
我不喜欢哀婉的忧伤，
我喜欢淋漓的欢乐，
我喜欢火热的生活，
我喜欢国土的广阔。
今天，接到命令：
奔赴西藏，第二次奔赴西藏，
我又陷入遥远的回忆——

想那片草原，
想那片有蓝天白云的高原，
想那片酥油茶飘香的高原，
想那片流淌草原牧歌的高原，
想那片剽悍雄性的高原，
想那片佩藏刀饮大碗青稞酒的高原，
想那片雄伟高大的天然屏障，
过去了，又走回来——
离开故乡，离开那片养我育我的平原，
我不敢再想白发老母倚门望我归家，
我怕太阳下山之后，
大野里传来母亲的呼唤，
唤我，唤我，归家；

我怕那门前的酸枣树开花又结籽，
红透了以后，攥在母亲的手掌之中，
等我，等我，等我回家——

谁都有儿女情长，
羊羔跪乳，燕子衔食，
我知道男儿应该远行，
离家之前，我只想说——
祖国的每一寸土地都养人。
我知道出征的路程和分量，
我知道荣誉和牺牲、胜利和艰难，
绝不会单一降临到一个人的身上，
我要用妈妈的教诲、妻子的期待、朋友的支持，
来激励我勇敢顽强地站立在祖国的高原——西藏。
为了祖国的每一寸土地的繁荣昌盛，
我愿做雪山上的一盏明灯，
把祖国的边疆西藏照亮。

我让“巧手嘎姆”编织了一个“梅”的卡垫。朵朵梅花，怒放在天地之间，探波傲雪，剪雪裁冰，一身傲骨，坚忍不拔，我要把它送给孔书记。

我等着又回雪域高原的孔书记。

2

那一刻我有学生见到老师的感觉，心里存了千万句的话，却不知说哪一句好。

西藏是“世界屋脊”，“屋脊”上的月亮是最美的，特别是在中秋节之夜。我在贡巴楼乡值班，推窗看月，真是心旷神怡。

过去在昌龙，孔书记经常伫立在窗前看月亮，一动不动地看，一看看好长时间。我问他看到什么了。他笑一笑，只说了一句：“都说月是故乡明，他乡月也明啊！”

这时，电话响了，那边传来格热洪亮的声音：“孔市长来了，去日喀则开完会后来昌龙看咱们了！”

我立马明白，是孔书记来了，是拉萨市副市长来了。他来拉萨已经一年多了，我们也有8年没见面了！我带上那块“梅”的卡垫，从马厩里拉出一匹马，直奔昌龙而去。

马蹄声声催人急，月光如雪耀人眼，耳边风声响如哨，大约一个小时我就来到了昌龙。

格热家门外停着一辆破旧的吉普车，我推门而入，眼含泪水叫一声“孔书记”，双手握住他的手。进门前，我心里想着该叫孔市长，但话一出口还是孔书记。我发现“孔书记”这三个字，已是他在我心里一个铁打的标签。孔书记就孔书记吧，叫着顺口，这样一叫就想到我们在一起的日子。

孔书记说：“阿旺，你还是那么瘦，当这个副乡长不容易吧？门德村的卡垫厂了不起，在日喀则的大会上都提了名。”

8 年未见，我看孔书记老了不少，但眼睛还是那么明亮。不知为什么，那一刻我有学生见到老师的感觉，心里存了千万句话，却不知说哪一句好。我把那个“梅”的卡垫给他，他拿过去端详了良久，说，卡垫是藏族老祖宗留给后人的无价之宝呀。

格热说，这个“宝”过去埋在土里，现在被阿旺挖掘出来了，强将手下无弱兵，你把阿旺培养成企业家了。我们昌龙也不差，当年你敲了“锣”我们接着“唱”，包干到户提了劲儿，查筑水塘帮了忙，青稞打得吃不完，所以加央的青稞酒厂“火”得很，不光昌龙的人去买，岗巴和邻县的人也来买，加央经理说，要到岗巴和日喀则开销售点呢。酒厂是承包制的，加央经理的员工从村里招，每年往村里再交十几万，几十户人家的普村，家家过得乐滋滋。

孔书记听着，眉里眼里都是笑。

格热又说，你还记得当年那个流鼻涕的拉珍吗？丹增的妹妹，她现在也是林嘎村酥油厂的经理了，他们的酥油直供拉萨，他们还买了一辆客货两用车，半个月送一趟酒，回来拉上服装再到昌龙卖，一来一往两头挣钱。哥哥是远近有名的兽医，妹妹是老板，兄妹俩真行。

你不知道吧，曲松是乡里业余藏戏队的队长了，那藏戏唱得出了名，正准备到县里参加藏戏大赛呢，禁不住他又哼唱起“你看那雪山上铺满哈达迎王妃，牛铃响喜讯传遍山山水水……”

孔书记说，亚欧村的肉联厂咋样？

我这时才接上话，扳着指头跟他汇报："前几天努穷经理到乡里找我，要搞羊肉屠宰户联盟，成立一个大公司，把岗巴羊肉卖到全国去。"

孔书记说，他琢磨着，应该在拉萨最繁华的地方搞一个岗巴产品展销中心，摆上岗巴羊肉、"岗姆冲"、青稞酒、酥油茶，让南来北往的人好好认识一下岗巴的"硬货"。

拉吉把"硬货"摆上了桌，大盆的岗巴羊肉，散发着清香的青稞酒。孔书记想起了什么，让司机到车里取来一个箱子，里面有五六盒月饼和一兜子水果。

正要开席，屋外涌进来好多人，孔书记热情地跟他们打着招呼。

屋里坐不下了，孔书记让格热把桌子搬到了院子里。月饼还是太少，孔书记一掰两半，送到每个人的手里。明亮的月光照在人们的脸上，笑声、歌声、问候声汇集在一起。那是一次多么让人难忘的"月光宴"啊。

孔书记提议到各家各户走一走。格热领着孔书记一家一家地走，看着农牧民们住上了新房，牛羊成群，米罐里满是青稞，孔书记嘴里不住地说，太好了，太好了……

走着走着，孔书记提出要到去普村看望巴旺爷爷，还从兜里掏出一瓶药说，这是补钙的，人年纪大了容易钙流失，得让他每天吃上两粒。

格热脸一沉说："他老人家走了，是从马背上摔下来的，送到岗巴医院抢救时，他嘴里还提你的名字，说你治好了他的腿他还没报答你呢。"

孔书记立住脚双手合十，向牧场方向鞠了三个躬。

格热又说："瞎子莫拉也去世了，临去世前，枕边放着你送给她的那件灰色中山装和 50 元钱。"

孔书记眼里涌出了泪花，又向亚欧村的方向鞠了三个躬。

…………

回到格热家已近半夜，头顶上的月亮光芒四射。孔书记问："去查果拉哨所看望战士们了吗？”

拉吉说：“哪能不去呢，他们也是我们的孩子呀，每年都去好多次，有时我们两口子去，有时带着村里人去，新兵入伍带上卡垫，老兵退伍送去糌粑，过新年时还会带去羊肉和牛肉干，村里的小伙子到了哨所抢着干活。战士们也挂念我们，隔一段时间不去，还到村里来看望我们呢。你放心，我也是一个兵，是一个合格的民兵。”

孔书记站起身向格热夫妇打了个军礼：“谢谢老哥老嫂，没忘记我们当兵的人。我老觉得我还是个兵，一看到帽徽领章心里就激动。”

拉萨市政府里也有一群年轻的警卫战士，他们来自四面八方，说起话来南腔北调。孔书记怕他们想家，一到周末、节假日就把他们叫到他宿舍里聊天，聊出了全国各地的风土人情，聊出了家里的情况，也聊出了感情。有的战士家里很困难，父母病重没法种地的，孔书记就给他们发点儿“补助”。有名四川战士只上过二年级，字写得歪七扭八，孔书记为他买了课本，每天晚上 10 点后处理完公务准时给他补课，补了一年多，这个战士能写发言稿，会办黑板报，成了排里的骨干。

孔书记的司机忍不住说，补课还好，“补助”让孔市长都“揭不开锅”了，他让困难战士把家里的地址留给他，说是要“军民联动”，每次发了工资到邮局去寄钱，这个寄 100，那个寄 50，寄款人还写上战士们的名字，到了月底他都没钱买饭票了。

孔书记笑笑又说，他想把自己的宿舍改成“战士之家”，请学校的老师来辅导战士们高中的课程，让他们考大学、上军校，成为国家的栋梁。可惜查果拉哨所上的战士不能到这个“战士之家”来了。

聊了一夜，意犹未尽。

真是没有料到，60 多天后，我与孔书记的见面竟是在医院里。

我记得很清楚，那天是农历的立冬，也是晚上，我刚刚下班回家，格热领着两个年轻人骑马赶来。他焦急地说："快收拾收拾跟我走，孔市长出事了，正在拉萨西藏军区总医院抢救呢。"我急切地问："你怎么得到的消息？怎么出的事？"格热擦把眼泪说："是拉萨市政府办公室打来的电话，电话里说，孔书记在调研贡嘎县教育时遇到了车祸，他身上的笔记本上只记着两个家庭电话，一个是聊城的，一个是昌龙的。"

4 人 4 匹马星夜奔往拉萨，600 多公里的路从晚上跑到了第二天中午，人和马没吃没喝，进了拉萨马跑不动了，我们找个地方拴好马，步行去了医院。

抢救室是不允许进入的，焦急地向一位医生打听，医生说光止血就用了七八个小时，输血输了 5000 毫升，各种抢救措施都用上了，只能等病人靠意志力苏醒过来。

第一天，盼着等着，望眼欲穿；第二天，如坐针毡，忐忑不安。几天过去了，孔书记还是没有苏醒。格热已是满嘴血泡，他毕竟是 60 多岁的人了。我怕他病倒了，让两个年轻人带他回昌龙，自己买了卡垫和糌粑，在医院走廊的一个拐弯处"住"了下来。我要等着孔书记醒来，我知道坚强的孔书记一定会醒来。

晚上，医院里特别静，我发现有个戴着眼镜的藏族小伙子，每天晚上都要在抢救室门口等上几个小时，有一天他竟然蹲在门口哭了起来。我过去劝他，他回身看到我愣了一下说："你是阿旺曲尼老师？我看过你和孔市长的合影。"

这个叫索朗的小伙子是孔书记在拉萨的翻译兼秘书，他说他知道我的老家是堆龙德庆县。去年冬天，他和孔市长去了堆龙德庆敬老院，路上孔市长就说，在岗巴他有个最好的朋友叫阿旺曲尼，这位朋友的老家就是这个县。他在岗巴多亏你的照顾。他还从一个红皮笔记本里拿出你们的合影给我看。

索朗又说，去敬老院前，孔市长用他的工资买了好多点心，来到敬老院分给了每一位老人，又打开他的小药箱给老人们看病。一位老人咳嗽，他用听诊

孔繁森和敬老院的老人们在一起

器听出老人的肺部有些感染，便包好消炎药放到老人的床头上。一位 70 多岁的聋哑老人脚上裹着布，他慢慢地揭开后发现，老人脚上的冻疮流着脓血，再看床下老人的胶鞋已没了后跟。他心疼地烧了盆热水给老人洗脚，洗了一遍又一遍，老人感动得拉着他的手直掉眼泪。那天，他对敬老院院长发了火："谁都有父母，你们对自己的父母也是这样吗？"院长委屈地说："没有钱，没办法。"孔市长掏出自己的钱包，可钱在买点心时已经全花光了。回到市里，孔市长让我把他家里刚刚寄来的一双棉鞋给那个聋哑老人送了过去。

我知道，孔书记还是孔书记，他那颗善心永远不会改变。

索朗说，他今天想来告诉孔市长一个好消息，尼木县卡若乡政府来电话，今天给制南村送去了 1000 元钱，800 元给学校修房子，200 元给老师发补贴，他听到这消息一定会高兴，可他还没有醒啊。

去年孔市长刚上任，就跑遍了拉萨所属的8个县区的每一所公办学校和一半以上的乡村民办小学。前一段时间又开始到各村里的学校调研，索朗跟着他坐着那辆吉普车，1个月跑了几十个村。听索朗说，那天他们来到尼木县卡若乡。孔市长听说这个乡的制南村有一个只有6名学生、1名女教师的学校，条件艰苦。他对乡长说要去看看。乡长为难地说，去制南村没有大路，不通车，只有一条小路通过海拔4000多米的一座大山。孔市长坚定地说，没路就爬过去。最终，他们爬了大半天的时间，才翻过了这山。

进村看到这所学校，孔市长震惊了：一间小泥屋，四面漏风，屋顶是由几块木板搭的；学生的凳子是石头，课桌是平放的土坯；一面墙上抹了锅灰就算是黑板，老师写字的“粉笔”是山里的一种滑石。再看孩子们脸上、手上、耳朵上都有冻疮。孔书记流着眼泪说：“这哪里是学校，分明是个土窝子、冰窟窿。”

女教师40多岁，是4个孩子的妈妈，她每天坚持走五六里路来学校上课。她看到上面的领导，先是吃惊，后是激动。孔市长把铅笔和作业本分给孩子，她连声道谢后说，这才11月份就这么冷，冬天只能停课，要不就把孩子们冻坏了。孔市长说，这里一冷冷半年，停了课孩子们就等于又没学上了，乡里人不吃不喝也得补贴学校呀，不然这些孩子只能放一辈子羊。乡长看着孔市长眼里的泪重重点了点头。

索朗说，当天夜里，孔市长给市委、市政府提交了一份报告，大意是：调整教育布局，扩大乡村教育覆盖面，采取多方式集资，大力兴办民办教育；合理调整师资，充实基层师资力量，建立以拉萨为中心的各县相配套的师资培训基地；集中教育资金，搞好教育建设，逐步改善办学条件，创造良好的教育环境。现在这份报告还在孔市长的包里，他就……索朗又抽泣起来。

上天有眼，终于在第8天上午，孔书记苏醒了。他转到了普通病房，但还没有渡过危险期。尽管护士把着门不让进，可我心里的天窗“咔”地打开了，好亮好畅快。

又过了几天，我才来到孔书记的病床前，看到他身上插了几根管子，头上缠满了绷带，脸又青又紫肿得老高，像个烤煳的青稞饼。这是他吗？是他。他强忍着疼向我笑笑，笑容还是那么慈祥温暖。他用颤抖的手摸着我的手：“阿旺，你回去吧，告诉乡亲们我的命硬，死不了，我会再去看他们……”

第二年的中秋节，我们也等着孔书记。可是，他太忙了，没来，但给格热来了一封信，我去昌龙时，格热把那封信拿给我看：

格热支书并阿佳拉：

不知你们二位身体如何，我一是想让你们来拉萨住几天，二来看看病。你们这几年对革命、对部队的贡献很大，应该来玩玩。我这里有吃有住的地方。而且保证让你们有酥油茶和青稞酒喝……

说实在的，我对岗巴有感情，对昌龙更有感情。我忘不了昌龙公社的老老少少。当然我一生中也忘不了你们老两口，所以我想叫你们来拉萨住几天，昌龙的老乡不管是谁来拉萨，我都十分愿意接待，请你们转告乡亲们。

格热支书，中秋节到啦，正好郭书记明天回岗巴，我让他给你们带了点儿月饼。本想给阿佳拉多带点儿药，但天已晚来不及啦，只好带两瓶药，并捎上一个人参，请你们补补身体吧。还有什么要办的事可给我来个信，让别人写藏文也可以，我楼上住着的就是藏族书记。

请代问昌龙乡老大爷老大娘好，全乡群众好。

祝你们身体健康，万事如意，扎西德勒！

孔繁森　笔　9月29日

这封信我看了又看，觉得孔书记就在眼前。我盼着他早一点儿回来。我盼啊盼啊，又想起孔书记现在是大干部了，肯定很忙，我不能打扰人家，所以给他写的信也就少了。

现在回想起来，在医院里，那是我与孔书记的最后一次见面。

3/

每当看到藏族的老人，就会想到自己的父母；每当看到藏族的孩子，就仿佛见到自己的儿女。

1993 年初春，我乘坐公共汽车回老家拉萨堆龙德庆县探亲，途经尼木县时道路因山上融雪崩坍受阻，只好住在县城边上一对夫妻开的小旅店里，让我吃惊的是店里的饭菜招牌上竟然写着“山东水饺”。我点了一盘品尝，饺子是羊肉馅的，味鲜肉嫩，咬一口直流油。我问店主：“这么好吃的饺子是从哪里学来的？”

一位个矮腿弯的藏族阿佳拉神秘地一笑说：“是‘援藏菩萨’手把手教的。”

我有些疑惑：“‘援藏菩萨’是哪个菩萨？”

“这‘援藏菩萨’从山东来，长得高大魁梧，在这个旅店里住了好几天，说起话既亲切又热乎，有一天他让我跟他学包饺子，手把手地一步步教我。还教我怎么下饺子：饺子用普通锅煮不熟，得用高压锅煮，但是要注意时间，时间过了就成了一锅粥。用高压锅煮的饺子，要把饺子皮擀得厚厚的，包得严严的。饺子出锅前，还得估摸着饺子快熟了的时候，不停地往盖上浇凉水，给盖降温，不能等着盖上的气孔自然泄气，那样饺子又成一锅粥了。现在饺子成了店里的招牌，客人们可爱吃了。”

“援藏菩萨”？高大魁梧？山东饺子？我想到了孔书记，急切地问她：“阿佳拉，快告诉我，这人到底是谁？”

店主说：“一看你就不是尼木人，你到县里、乡里打听打听，哪个人不知道‘援藏菩萨’，他就是我们的孔繁森副市长！”

我告诉店主，孔繁森过去是岗巴的奔布拉，我们在一起工作过3年，是好朋友。店主一听高兴地送来一壶酥油茶说，“援藏菩萨”的朋友也是我们的朋友。

我与店主阿佳拉喝着酥油茶聊起了“援藏菩萨”这个称呼的来历。

尼木在藏语中的意思是“麦穗”，寄托着富饶丰盈的美好愿望。实际上，这个距离拉萨120公里的县，是全市最贫穷的地方。平均海拔4000米以上，山峦起伏，河谷纵横，可以种植农作物的土地极其有限，再加上泥石流频发，当地的农业产出少得可怜，拉萨人都知道尼木是个“穷窟窿”。哪里穷哪里就会有孔书记的影子，尼木也不例外。3年前，在西藏军区总医院抢救孔书记时，索朗讲的那所制南村只有6名学生、1名女教师的学校也在尼木县。

店主阿佳拉说，孔市长来尼木多少趟不知道，但他来一回走了，准能传来“援藏菩萨”的消息。有一次孔市长在山里转，转到了一个村庄歇脚。村里人见他背着个药箱，以为是曼巴来了，把他让到家里看病。村民们头疼脑热，被他扎几根针，吃几片他给的药，浑身立马轻松，他还分文不取，村民们都以为他是菩萨派来解救受苦的人的。他说，他不是菩萨派来的，是一名从山东来的援藏干部。乡亲们说，那你就是“援藏菩萨”吧。

有一次，“援藏菩萨”正忙着诊病治病，有个村民跑来说，村里的波拉（老人、老大爷）快不行了。“援藏菩萨”背起药箱来到一间泥屋里，见一位80岁的老人肺病严重，上气不接下气，憋得满脸青紫。“援藏菩萨”用听诊器听罢，又看了看波拉的喉咙，随即把听诊器上的橡胶管拔下来，一端插入波拉的喉咙，另一端放入自己的嘴里吮吸着。随着一口一口的浓痰被吸了出来，老人喘气轻松了，他又给老人服下平喘药和消炎药。临走时，还把自己的毛衣脱下来让老人穿上。老人叫着“活菩萨”，跪在地上给他磕头。村里人说，这个曼巴是“援藏菩萨”。波拉边磕头边说，感谢大慈大悲的“援藏菩萨”。

当年我亲看到过孔书记在昌龙口对口吸痰救活了小仁青，现在又听到他用听诊器管吸痰救了 80 岁的藏族波拉，不由泪流满面。

店主阿佳拉讲着，眼睛里也含了泪。她说，她是尼木县续迈乡的，乡里人最怕得一种大骨节病（也叫柳拐子病），她和丈夫也是轻度病人，所以个头矮、腿弯。每个村都有几十个重度病人，有老人、孩子，也有青壮年，他们关节畸形，手指弯曲变形，走起路来弓着腰像虾米一样，更有严重者，下肢肌肉萎缩，爬着走或瘫痪在床。

孔繁森为农牧民诊疗，调研当地大骨节病情况

孔市长来到续迈乡看学校时，发现有的孩子得了大骨节病，随即到各村查看，见到好多人有这种病。后来他领来了检测部门的人到各村取水化验，化验结果是水中缺乏钙、硒等元素，导致骨骼发育异常。再后来，他带着拉萨的卫生局局长、民政局局长、财政局局长来到续迈乡。

来到霍德村，看到几个七八岁的孩子在街上爬行，孔市长受不了了，他跑过去满含泪水地摸着孩子们伸不直的腿。他把一个孩子抱到局长们面前声泪俱下："这是咱们的下一代呀，我们对不起他们呀，咱们不吃不喝也得扶孩子们一把啊！"

没过多久，市里派来了医疗队把重病人接去手术。又过了一段时间，市里、县里来了几支打井队，在各村里打深水井。几个月后，乡亲们喝到清甜的井水，大家从心里感谢这个叫"援藏菩萨"的人。

阿佳拉问我，你去拉萨吗？能见到"援藏菩萨"吗？我说能。她让我给"援藏菩萨"带个话，续迈乡的人都想着他，念着他，盼他再来看看，她保准让他吃上好吃的山东饺子。

堆龙德庆离拉萨很近，我急切地想见到孔书记，想等见了他再回老家探亲。第二天一早，我乘公共汽车去了拉萨，我记得孔书记"聊上几个晚上"的话，兴冲冲地来到布达拉宫旁的拉萨市政府，可索朗说，孔市长到乡下调研了，不知道什么时候回来。怕我不相信，他拿出一张纸条给我看，上面写道："索朗，请你当几天代理爸爸：每天三餐带两个孩子到食堂吃饭（饭票附上），晚上 10 点钟到我家查看孩子情况。如果星期天我回不来，带他们到公园走走，可适当给他们买些零食（10 元钱附上）。"落款是孔繁森。

我问他，是孔书记的孩子从山东来了吗？怎么只来了两个？

索朗又说，哪儿呀，是孔市长收养的两个藏族孩子。

我感到很吃惊，他那么忙碌怎么能再抚养孩子呢？

1992 年夏天，拉萨市墨竹工卡等县发生地震，孔市长知道后立即赶赴灾

孔繁森利用闲暇时间带孩子们上街游玩

孔繁森为孩子们选购衣物

区。在羊日岗乡的地震废墟上，3 个失去父母、无家可归的藏族孤儿曲尼、曲印和贡桑哭喊着扑到他的怀里。从此他承担起了抚养这 3 名孤儿的责任。

他处理公务，下乡，带孩子。晚上回到家，先要给孩子们做好饭菜，再教他们读书认字；夜里和孩子们挤在一张大床上，5 岁的小贡桑尿了床，他半夜还得起来换床单；节假日，他总要带孩子们逛公园，给他们买衣物，陪他们玩，就像对待亲生儿女一样。看到孔繁森一人抚养 3 个孩子负担太重，拉萨市市长洛桑顿珠领走了曲尼。

索朗又说了一个让我想起来就流泪的故事：

你知道孔市长“大气”，每次下乡都会把钱或衣服给那些生活贫困的藏族群众，再加上抚养这两个孩子钱包空了，有时连交伙食费的钱都不够。但是他从来不向组织谈困难，不向同事同乡借钱。怎么办呢？孔市长每月工资收入 1000 多元，其中在老家聊城的是 400 多元，在西藏领的补贴是 600 元。如今又增加了两个孩子的开支，他不忍心让孩子们受苦，翻来覆去睡不着，脑子里突然闪出一个念头：去医院卖血！对，悄悄地去，别人不会知道。

第二天，孔市长把老乡杨书春叫来，让杨书春陪他去军区总医院看个病号。到了军区总医院，他让杨书春在医院门口等着。杨书春见他穿着藏袍很纳闷，就悄悄地跟着他，看到孔市长走进了血库采血室。杨书春一切都明白了，急忙跑过去拽住他，说道："三哥，咱再难也不能卖血啊！"他急忙说道："小点儿声。"杨书春还是拦着他。他有些急了，双手猛地一推，把杨书春推了个踉跄。

甩开杨书春后，孔市长大步走进采血室。值班护士刘业香后来告诉我，当时，她看见孔市长两鬓斑白，觉得他年纪大了，告诉他不宜献血。孔市长连忙恳求说："我家里孩子多，负担重，急需用钱，请帮个忙吧！"那诚恳真挚的眼神，使护士刘业香的心软了下来。听孔市长的口音，同是山东人的刘业香好像发现了什么，他虽然身穿藏袍，却是个汉人。在刘业香的一再追问下，孔市长只好说出了卖血的原因，但他坚持说自己是藏族人，名字叫洛珠。后来，她才从电视上得知这个人原来是拉萨市的副市长叫孔繁森。

这一次，孔市长化名洛珠献了 300 毫升的血，拿着医院给的 300 元营养费，走出了献血室。他叮嘱杨书春不要把这件事告诉任何人。

在这两个孤儿身上，孔市长倾注的心血是常人难以想象的，在他的呵护和关爱下，两个孩子健康成长。可是孩子们哪里知道，为了抚养他们，他们的汉族阿爸曾先后三次到医院卖血 900 毫升，这 900 毫升鲜血尽管只有 900 元钱，但这是他给予藏族孤儿的博大而无私的爱。

我们去孔书记的家看望两个孩子，推开门见屋里有一张裂了几道缝隙的小方桌，一张木板大床，连一把椅子都没有。曲印和贡桑以为是爸爸回来了，跑到门口往外张望。索朗说，爸爸没回来，这是孔市长的朋友来看你们啦。

我看到，两个孩子脸色红润，忽闪着眼睛叫“叔叔好”，心里涌起一股暖流。我把身上所带的300元钱拿出来放到桌上。索朗赶紧摆摆手，说，孔市长有死规定，不能要人一分钱，不能收人一点儿东西，我是代理爸爸，收了就是犯大错。

后来，我在孔繁森纪念馆看到了他的三张采血登记表，忍不住又落了泪。

གམ་པ་རྫོང་གི་ཆ་སྙོམས་ས་བབ་མཐོ་ཚད་སྨི་4700ཟིན་པས། སྐྱེ་བོ་ཀུན་གྱིས་ཆེ་སྟོག་གི་འགག་སྒོར་གྲགས།

གཟི་བརྗིད་ནི་རྣམ་ཀུན་གྱི་བྱ་བ་ལས་འབྱུང་ལ། དཀའ་ངལ་ནི་ཡུན་རིང་གི་ལོ་རྒྱ་ལས་མཆེད།

ཁྱུང་ལྡན་སེན་སྙིང་སྟོབས་ཀྱི་ཤུགས་རྐྱེན་དང་སྐྱུལ་སྐྱོང་འོག ངག་དབང་ཆོས་ཉིད་ཀྱིས་མཚོན་པའི་སྐབས་མི་གཅིག་པའི་རྒྱ་བོད་ལས་བྱེད་པ་དག་གིས་དཀའ་བ་དང་བླངས་ཀྱིས་གམ་པ་གསར་པའི་འཛུགས་སྐྲུན་ལ་གཞོལ།

第八章

相知

温暖的身影暖着我

人们在料理孔书记的后事时，

看到两件令人心碎的遗物：一是他仅有的8.6元钱，一是他的“绝笔”，

是去世前写的关于发展阿里经济的12条建议。

1

在大街上，看着吉普车开过去，感觉孔书记就坐在车里面。明知道不是他的车，我却一直盯着那车直到它消失在视野里。

在拉萨与孔书记想见未见，心里空落落的。有时，在大街上，看着吉普车开过去，感觉孔书记就坐在车里面。明知道不是他的车，我却一直盯着那车直到它消失在视野里，发一会儿呆。

谁知不久后，孔书记去了比拉萨“高出一头”的天上阿里。

从拉萨到阿里地委、行署所在地狮泉河镇，将近2000公里，那可是段坎坷不平的搓板路。我又想着那辆车，想着孔书记在车里的样子。他睡得晚，常常在车里补觉，可是车颠簸在山路上，又让他无法入睡。我听说，他们走了两天才到。在路上，轮胎扎了，备用胎也坏了，他们只好用给自行车充气的气管子打气，打了八百多下才充满轮胎。

进入阿里地界，他就马不停蹄地对沿途措勤、改则和革吉三个县进行实地调查，鞋子刮破了，他不在乎，一天不吃不喝，他不在乎，可是要命的感冒来了，他不敢小觑了。有经验的人都知道，在高原生活，一场严重的感冒有时就会夺去一个人的生命。我听说，孔书记发烧咳嗽不止，为了不耽误调研，他就大把大把地服药。实在坚持不住了，就一边输液，一边工作，那阵子，也不知道他是怎么挺过来的。

到阿里一个多月，他的体重减轻了 14 公斤。日夜不停连轴转，他的直肠纤维瘤复发，鲜血浸透内裤，可他一直瞒着别人。等大家都入睡后，他才把内裤换下，悄悄洗干净。我听到这些很心疼。

我一直想去阿里看望孔书记，想法一直有，可是我觉得他现在是地委书记了，一定更忙，更累，任务更重，怕自己去了帮不上忙，反而会给他添乱。我怎么能给他添乱呢？再说，我也大事小事地忙活，具体干了些啥，晚上躺在铺上也说不清楚了，就觉得忙，抽不开身。其实，冷静想来，时间还是有的，但是总觉得有大把大把的时间，等一等吧，结果三等两等，等来的却是永远无法弥补的遗憾。一些事情好像刚开了个头，明天还要继续下去。可是，忽然间，再没有明天了。

我其实无数次设想见到他的情景，那时我们会在他的宿舍里彻夜长谈。我听说，阿里地委在办公楼附近建设了一排新房，依他的级别，完全可以挑选距离办公楼最近且保温效果相对好一点儿的房子，但是他却挑选了最靠西的房子。最西边的房子冬天冷且距离垃圾箱、公共厕所最近。我理解他，他一定会做这样的选择，把方便和舒适让给同事，把不便和委屈留给自己。

两年匆匆而过。

我最爱读报，每当从报纸上读到孔书记的消息时格外兴奋，就从报上剪下来，粘贴在一个大本子上，反反复复地看，仿佛在与孔书记对话。

我剪贴了很多，最愿意读的是 1991 年 2 月 5 日《西藏日报》刊登的通讯《他是人民的公仆——记拉萨市副市长孔繁森同志的事迹》，1993 年 1 月 28 日《孔繁森和他的三个孤儿》，1994 年 11 月 13 日《奉献——共产党人的天职》

等等。岗巴有一名山东籍的干部，他知道我与孔书记的兄弟关系，回家探亲时带来一张 1994 年 2 月 17 日的《大众日报》，报纸的头版头条是一篇《“世界屋脊”上有这样一个山东人——记山东籍援藏干部、阿里地委书记孔繁森》。我急不可耐地读了起来。

阿里地区大概是西藏最神秘，也是最偏僻荒凉的地方了。这里平均海拔 4500 米，被称为“世界屋脊的屋脊”；这里常年平均气温在 0℃以下，冬季最低温度达 −41℃，每年光大风季节就有 140 天，这里面积接近两个山东大，而人口却只有约 6.8 万人。

如此恶劣的自然环境，使许多西藏人都望而却步。然而有一天，阿里地委书记这副担子却摆在了孔繁森的面前……

阿里是全国唯一一个没有通电的地区，就是地委大院每天晚上也只能用小型发电机发两三个小时的电，来维持昏暗的灯光。

条件的艰苦使孔繁森消瘦了，但却丝毫没有影响他那乐观忘我的情绪。上任伊始，他就一头扎进基层，有路的地方坐车，没有路的地方就骑马。几个月的调查研究，孔繁森认清了阿里地区条件的局限性，更看清了这里得天独厚的优势。采访中，他如数家珍地向我摆出了阿里取之不尽的宝藏：

——金矿、水晶矿、硼砂矿等十几种矿产资源储量极为丰富。孔繁森和地委、行署研究组织各方面力量进行开发。

——阿里靠近普兰口岸和斯不气口岸，另外还有 80 处通向国外的山口，边贸开发前景广阔。去年阿里地区外贸纯收入达到 600 万元。

——阿里水资源丰富，目前正准备投资两亿元，修建一个大型水电站，解决制约阿里经济发展的电力问题。

“阿里是西藏最偏僻的地方，也是潜力和希望最大的地方。现在的关键问题是要转变观念，解放思想，步子迈得再大一些。我有信心和全地区人民同舟共济，艰苦创业，把阿里建设成一个文明、富裕的社会主义新阿里！”孔繁森语气坚定地说。

采访即将结束，我久久注视着房间的墙上挂着一幅迟浩田将军的题词“心连心，同呼吸，共命运”。

这不正是孔繁森和西藏人民、西藏这块土地结下深情的最好写照吗？

是啊，孔繁森的确与西藏人民心连心，他深深爱上了这片神奇的土地。

报上的内容再次加深了我对孔书记的敬意，但又担心 50 岁的孔书记身体能不能顶得住？我又给他写了一封信，信中有句话我是这么写的：“放羊的娃子穿得单薄能抱羊取暖啊，你能抱着工作取暖吗？”我猜，他看后会笑。

我等他的回信，却等来了惊天噩耗。

孔书记为阿里倾尽了心血，准备在最有潜力的边境贸易、旅游等方面下功夫。他率队去新疆西南部的塔城进行边境贸易考察。1994 年 11 月 29 日下午 2 点 18 分左右，在返回阿里的途中，发生车祸，以身殉职。

我在电话里听到索朗哽咽的声音，像被冰刀子刺入滚烫的心脏，“呲啦呲啦”疼痛难忍，瞬间天旋地转，整个人呆了傻了，双膝跪地，面向西北，面向阿里，面向雪山，面向雪山后面我的兄长号啕大哭。

岗巴全县突降大雪，昌龙的雪下得最厚。我恍恍惚惚中来到了昌龙，看到格热夫妇哭红了眼。格热抱着我不松手：“阿旺，我已经老了，为什么不让我去替他死呢？”

拉吉双手合十，仰望苍天喃喃自语：“我问佛为什么总是在我们悲伤的时候下雪，佛说，世间的泪水已经凝固，只有一场大雪，才足以慰藉我们心中的悲痛。”

大雪中，昌龙许许多多的人自发地来到乡政府大院，诵经、烧香、祈祷，有的手捧哈达，有的臂戴黑纱，有的匍匐在孔书记的遗像前大放悲声，布满皱纹的脸，粗犷黝黑的脸，年轻红润的脸，每张脸上都挂满了泪珠。

大雪飘飘，风把漫天大雪折叠成洁白的哈达，一圈一圈缠绕在雪山上，雪山成了一座顶天立地的丰碑。

我知道，所有的相遇都意味着分别，所有的情感都蕴含着苦涩，可我不愿意承认跟他会分别。

我幼稚地想，说不定哪一天，他会突然出现在我的面前。

和我想法一样的，还有土登。

岗巴县人民医院的医生土登，因触犯刑律被判刑。

孔书记跟土登很熟，他觉得土登是个业务很棒的医生，在听说土登入狱的消息后，他很痛心。他第一时间驱车赶到拉萨某监狱看望他，并勉励他要好好接受改造，争取减刑早日出狱。那天，孔书记问他有什么要求时，土登说，想要几本医学方面的书籍。孔书记听了他的话很高兴，答应下次一定给他带来。

孔书记特意去了拉萨市的一家新华书店，挑选了几本医学方面的书籍，其中有《外科手术学》《急诊内科学》《高原病的诊断、预防和治疗手册》等，专门给土登送去。

孔书记还几次抽空到监狱看望土登，给他送去吃的、用的、穿的和一些书籍。土登常常在牢狱里，对着墙壁发呆，那是他对自己所犯罪行的忏悔、沉痛的反思，对以前自由生活的缅怀。而孔书记每一次来看他，都在精神上给予他莫大的鼓舞。后来，土登在监狱里做了一名狱医助手，并根据自己多年的行医实践经验编写了一本书。

听闻孔书记殉职的消息时，土登还是服刑人员，他写了一篇小稿子，题目就叫《怀念你》，登在了监狱里的黑板报上。

我手攥一张报纸，感觉是晴天霹雳。

孔书记殉职的消息传来，我的心底掀起一层层波澜，起伏不定。

作为土生土长的藏族人，仿佛第一次感到空气中的缺氧、窒息。

我真的感到心中的火焰在沸腾，失衡的心弦仿佛有一股无形的力量在拨动。

孔书记，你知道吗？几个月前，你知道我编写了一本书，你翻了一下，说很好，劝我再改改，增加一些临床经验。

在我心中，你就是一团燃烧的火焰，跳跃在我生命的五线谱上，飞舞成歌，和着风的音速。这一刻，我的心不由自主地奔向阿里，穿越圣洁的天堂。你是岗巴人民的骄傲，你是岗巴人民的期盼，岗巴老百姓因为你的三年援藏而美丽而精彩。

监狱外面，有自由的空气。监狱里面，有您的鼓励，没有丝毫的寒冷，尽管这个冬天的寒风是那样的刺骨，但你的关怀，永远留在我记忆的心河，我将永远铭记，直到生命的终结。

在这寒冷的夜里，孔书记啊，你就是那天边的明月，耀眼的北斗。你就是岗巴的一座神山，巍峨而炫目的神山。在这漆黑的寒夜里，我仿佛又看到了你的容颜……

后来土登因服刑期间表现良好，减刑 6 个月提前出狱。几年后，回归单位的土登加倍努力，作为主治医师，后来当上了岗巴县人民医院的院长。

感念孔书记的人真是太多太多了。

拉姆，巴旺爷爷的孙女、加央的妹妹，当年那个眼睛又大又圆的小姑娘，在昌龙读了小学，后来到日喀则读初中、高中，再后来考入西北民族大学，毕业后来到巴县完小当了教师。那天她正在给孔书记写信，广播里传来了孔书记不幸殉职的消息 。她一天不吃不喝，流着眼泪写下了一首长诗——《想起你》。

想起你，在风雪高原

走了那么远的路，依然走不出岗巴的视线
我的梦中啊，突然如决闸的江水滔滔
曾经几度，泪水湿透了枕角
我记得起你高大的身影，为老百姓遮风挡雨
在马背上、在水利工地上、在田间牧场穿行
你的脚下有千钧之力，为老百姓踏平了多少的苦难
我相信，一种永恒
我望见，一种光芒

走了那么远的路，在风雪高原
依然走不出对老百姓的挂牵
就着干雪，吃一口青稞磨出的糌粑
进出柴门，喝一口飘香的酥油浓茶
一碗青稞酒啊，醉了一屋子的欢声笑语
牛粪烧旺的炉膛，把灯下的浪漫延续
爱民爱到这个份上啊，奉献岗巴
无私的你呀，孔繁森，这话一点儿都不假

我搜集孔书记在援藏中的故事，我要讲给大家听。我专门买了几个笔记本，我要记录下来，在笔记本的扉页上，我写下了这样的话："如果说孔繁森是那高耸的珠穆朗玛峰，我就是珠峰山脚下的一颗石子。如果说孔繁森是滔滔不息的雅鲁藏布江，我就是一滴汇入大江的溪水。"

2/

我是孔书记的第一个藏语翻译，你是他的最后一个藏语翻译。咱们跟他有厚缘……

孔书记在阿里的藏语翻译叫李玉建，也是个山东汉子，宽厚的肩膀、沉稳的嗓音极像孔书记。

2017 年 9 月，李玉建当上了日喀则市的副市长，到岗巴调研时，点名要见我，我当然也想见他。我们一见面，就紧紧拥抱，眼泪止不住地掉。我们都有认识了很多年的那种感觉，真是相见恨晚。

我说："我是孔书记的第一个藏语翻译，你是他的最后一个藏语翻译，咱俩跟他有厚缘。"

他说："是啊，孔书记生前常常提起你，这次来岗巴调研，总算见到了孔书记的岗巴好兄弟。"

我把李玉建请到家里。他看到我桌上摞着《人民日报》《西藏日报》《日喀则日报》，还有整整齐齐的书，说，你跟孔书记办公室一样啊。我说，都是跟孔书记学的。

我说 65 岁了，眼花得厉害，但戴上老花镜每天也要坚持学习两个小时。

李玉建说，你学到孔书记的真经了。在孔书记身边的人都会被感染，孔书记不光自己善于学习，还指导我们学习，那个时候，阿里通信差，交通落后，《人民日报》到我们手里要两个月时间，《西藏日报》当月也看不到，电视也看不上，要学习只能靠广播、书本、报纸杂志。孔书记经常把他能收集到的报纸、杂志和文件拿来和我们一起学习。听着李玉建的讲述，我仿佛看到孔书记在书桌前看书的样子。

桌上摆了孔书记的遗照，遗照上的他微笑着看我们，我们 3 个聚在了一起，一起喝着酥油茶、青稞酒。我按照汉族的风俗点了三炷藏香，在淡淡的幽香里，我们彻夜长谈。

李玉建说，他是山东德州人，1980 年被录用为机要干部，在西藏民族干部学院培训后分到阿里。孔书记 1993 年到阿里时，李玉建已是个“阿里通”，所以当上了孔书记的藏语翻译。孔书记比他大 19 岁，是叔叔辈，又是山东老乡，他私下里叫孔书记“孔叔”，孔书记叫他“小李子”。

孔书记在阿里有三件“宝”：药箱、手杖和礼帽。他到阿里后染上遇风头疼的毛病，不管什么季节出门必戴氆氇制作的礼帽挡风；阿里山高路陡，有时马上不去，只有步行攀登，他有严重的膝关节病，手杖成了好帮手；小药箱他走到哪带到哪，还要根据季节不同调整箱里的药品。

有一次来到日土县的过巴村，村庄在半山腰上，马上不去，他就拄着手杖来到村里。村里人见身背药箱的曼巴来了，一下子围了上来。原来村里许多孩子咳嗽得厉害，咳时还发出像鸡叫一样瘆人的声音，这“怪病”让全村人毛骨悚然，有的到寺庙求佛，有的用木灰加尿碱的土方治。孔书记给几个孩子听了心肺，把了脉，告诉他们不用怕，这叫“百日咳”，得了这病会阵发性痉挛咳嗽，伴有“鸡鸣”样吸气声。他先给 40 多名患病的孩子一个个扎上银针，又把消炎药交给家长，并一一叮嘱用药时间。来到一个牧户家治疗时，他见一个七八岁的男孩只披着一块布片，便马上脱下自己的毛衣套在孩子身上，他自己只剩一件薄薄的衬衣。天黑下山时孔书记冻得瑟瑟发抖，幸亏马背上有一件上山时没穿的棉大衣。

没过几天，孔书记和乡里的人来到山里一个牧民家。那是一栋低矮的土坯房，屋里住着一位年近 80 岁的孤寡老人。孔书记双手握住老人枯瘦的手说，老人家，地委派我们来看您来啦。

听说是地委的奔布拉来了，老人抱住他的胳膊哭起来了。孔书记随手拿起她身旁酥油壶，一摇，空的，再一细问，老人已经有 8 天没喝酥油茶了。孔书记拿出身上的 20 元钱塞到老人的手里："老人家先买几壶喝着，再过几年咱阿里富了，天天都能喝上酥油茶。"孔书记又来到另一个牧户家，见到一位名叫单增卓玛的老人。老人偏瘫，脸色苍白，侧卧在一张没有褥垫的破床板上。孔书记心痛地上去紧紧握住了她的手。

从此，这两位孤寡老人的事，孔书记一直挂在心上，他经常托路过那里的人给两位老人带去面粉、水果和钱，他还专门给卓玛老人送去从内地买来的治疗偏瘫的药。后来，孔书记再次去看望两个老人时，卓玛老人已能站起来了。

孔书记三件"宝"不离身，有的领导对他说，你现在是地委书记了，是全地区的核心人物，不能老背个药箱像个医生的样子吧？孔书记说，是不太好看吗？夹着皮包好看？可是装不了药，不管用啊。我下乡不背药箱，看见个病号怎么办？不能光用好话哄人家吧？再说，我给农牧民看病，也耽误不了考虑大事呀！

李玉建说，孔书记心里装着阿里的父老乡亲，对自己女儿妻子却是那么吝啬。

1993 年夏天，孔书记的妻子王庆芝陪着女儿孔玲来拉萨参加高考，妻子刚刚做了摘除脾脏的手术，行走困难。孔书记原本说好的要到贡嘎机场来接，但最终他没有来，只是安排人把她娘俩接到了他在拉萨市政府提供的那间宿舍里。原来，自治区的工作组到阿里调研项目，“一把手”不在，项目拍不了板。他给妻子打电话说明情况，妻子在电话那头啜泣着不说话。

孔玲抢过话筒说：“爸爸，我从小到大没见过你几回，就要高考了，真想让你来陪陪我，就几天，好吗？给我壮壮胆，行吗？”

孔书记耐心地说：“孩子，是爸爸不好。爸爸干的这个事儿很重要，脱不开身。”

一天、二天、三天过去了，一个月过去了，孔书记还在阿里和工作组一起调研，孔玲一个人参加了高考。王庆芝来拉萨后一直高反，再加上之前刚做过

1994 年 8 月 26 日，孔繁森和家人的最后一次合影。96 天后，他永远地离开了至爱的亲人们

大手术，连床都下不了。一天夜里，她感到浑身发冷，胃里火辣辣地疼，还呕出了血。孔玲吓得打了军区总医院的急救电话，王庆芝被送进医院抢救。第二天，医院把病危通知书下到阿里驻拉萨办事处。办事处把情况汇报给地委，地委“逼”着孔书记放下手头的一切工作，到拉萨照顾病危的妻子。

一个月零四天后，孔书记在医院见到脸色蜡黄的妻子和床前憔悴的女儿，他流着眼泪求妻子原谅，让女儿理解。妻子说：“咱娘说了，你是公家的人，就得听公家的话，公家的事大，咱自己的事小，咬咬牙也过来了。你要有空，还是回家看看老娘吧。”

王庆芝出院后要回山东，孔玲考上了重庆西南政法学院，要去上学。王庆芝这次来拉萨的费用，是她在粮店工作十余年积攒下来的，她把买了机票后剩余的1100块钱给了女儿。没想到，孔书记竟向女儿“借”了600元，说是要给他收养的两个孩子买衣服和食物。王庆芝实在忍不住了，掏出了心窝子里的话：“你不顾己不顾家，像着了魔一样地干，到底图个啥呀，当官么？挣钱么？当官也得选个地方，挣钱挣得身上没有分文……”

送走她娘俩后，孔书记又住院了，严重的环型痔疮，连路都不能走了，不住院切除没法工作了。医院安排他住高干病房，他坚决不住；又给他安排了一个单间，他还是摇头。最后，他硬是住进了4个人一间的普通病房。手术后，他觉得轻松了，马上照顾起其他病人来，叫大夫、喊护士，帮别人端屎端尿。这些他照顾的病人只知道他是从山东来西藏的老孔，不知道他竟是阿里的地委书记。

他在医院里给孔玲写了一封信。这封信是孔书记遇难后孔玲交给组织的，被李玉建复印后带在身上。那情真意切的文字，任谁看了都感动。我也复印了一份带在身上。

玲玲：

你的来信爸爸收到了，已了解到目前你的处境。我想这是必然的，这是你独立生活的第一步，遇到这些困难是预料之中的事。爸爸第一次出远门当兵到济南，正好比你小半岁。我 1961 年当兵，可以说对于城市生活什么都不懂。第二年入团，1964 年在周总理的邀请下，去北京参加了全国的国庆观礼活动。就在这一年我加入了中国共产党，也填补了咱们家祖辈没有参加共产党的空白。当时我是带着你大娘从张庄借的七元钱上路的，而当兵的第一年我就节约了五十元钱寄回了老家……

玲玲，你现在填补了咱家没有正式大学生的空白。你考上了大学，了却了爸爸盼望已久的心事。今天实话告诉女儿，自从你考入中学后，我就把希望你上大学的愿望埋在了心底。回想往事，爸爸觉得你的成长至少有两点值得我总结。一是由于我的工作环境，朋友多、同事多、工作调动频繁，虽然影响了你的学习，但也使你接触社会太早，成熟过早。二是我要求你们几个孩子太严，望子成龙的心情过于迫切。从现在看大有好处，不然的话，这个环境对你们不利。我看过不少名人自传及成长过程，比如居里夫人、宋庆龄、我国医学专家林巧稚等，她们的出身有的是贵族，有的是贫民，但她们却有个共同的条件，一是家教比较严，二是性格内向，三是有自己的奋斗目标。爸爸不盼望你当什么名人，而想让你尽早成为一个人格、素质俱佳的社会有用的人，这既是社会的需要，也是家庭的需要。爸爸知道你是一个十分要强的人，而且也有雄心壮志，我相信你一定会成长为一个有出息的人。我肯定地说，爸爸没法和你相比。

爸爸文化低，有时候工作起来就有点儿力不从心，这个“力”就是科学文化的力量。

爸爸多么渴望有这种强大的力量来支撑我，但小时候没有这个条件，已与它失之交臂。我现在只能在祖国需要的地方，在党安排的岗位上踏踏实实地做点儿贡献。对此，爸爸也是壮心不已。爸爸还不到50岁，还能陪伴着你们年轻人跑一程。

玲玲，我本应早点儿给你去信，但在你和你妈妈走后的第三天下午，我就做了手术。今天刚下床，不久就回阿里。躺在床上，才能静下心来想好多事，也想到了我的女儿。所以，今天就写了这几个字。

除去学习锻炼身体外，有时间看点儿文学和历史，善于和不同性格的同学交朋友。夜深了，病友们都睡着了，我也要躺一会儿。

爸爸：孔繁森

1993年9月20日于医院中

我给孔书记又插上三炷香，对着他的遗照我念叨："孔书记啊孔书记，咱们都是男人，谁家的妻子不希望丈夫在身边，谁家的儿女不希望爸爸是靠山，这些你都没做到，这怎么能行呢？"

李玉建问我，你知道阿里那场要命的暴风雪吗？1994年2月，50年未遇的大雪降临，一夜之间，整个阿里被白魔吞噬了，全地区平均积雪50厘米，个别乡村竟达1米以上，气温降到 -40℃。雪退了，风暴又趁机袭来，怀胎母畜大量流产，幼畜成活率几乎为零，大批牛羊因冻饿而死。

全地区有67个乡受灾，死亡羊54万只、牛4万头、马2000多匹，30%的群众已断粮。孔书记立即召开紧急会议，每一名党员干部必须深入灾区，与群众同甘共苦。接着，孔书记带上他的三件"宝"，领着一支队伍去往了受灾最严重的革吉县和改则县。

雪后的高原氧含量极低，只有平原的三分之一，孔书记气喘吁吁，脸色青紫。雪埋没了车轮，我们用铁锹清雪，走一段清一段，走了一天才走出几十公里。白天再苦再累不可怕，可怕的是晚上，挤在寒冷的车里，如果睡去就意味着永远不会醒来。我们相互提醒，才能熬到天明。平时四五个小时的路，我们走了三天三夜才到了革吉县曲仓乡。接着，到农牧民的家里走访查看，看到有冻伤的群众，孔书记马上给涂药治疗，病情严重的立即送往医院；没有粮的，把糌粑、面粉倒到缸里；没有钱的，把钱递到手上。5 天时间我们走访了 20 多户人家，又从这个乡到那个乡，从革吉县到改则县，屈指算来，我们已连续工作了 16 天。

人的耐受力是有限的，在 5000 米高原上的极端天气里，谁也受不了，同来的几个小伙子病倒了，孔书记还是坚持着。有一天，他实在顶不住了，上吐下泻，脸色苍白地瘫倒在雪地上。我们把他抬到了帐篷里，让通讯员好好照顾他。第二天一早，通讯员小梁看到他写的一页交代“后事”的纸：

“小梁：不知为什么我头痛得厉害，怎么也睡不着。人有旦夕祸福，我写此条有一事相求。万一我今夜发生不测，第一你不要难过；第二要向地委、行署领导讲，但不幸的消息不能告诉我的九旬老母；第三你要每月以我的名义给我家里写一封平安信；第四我死在这里，就埋在这里，丧事从简，切记。”

后来知道，那天晚上，孔书记呼吸困难，意识里不时出现空白，他觉得自己可能到了“寿限”，但又不好意思叫醒身边睡得正香的小梁，便在凌晨 3 点打着手电写下了这份“遗嘱”。

巨大的难关闯了过去，农牧业生产开始恢复。孔书记又几次上北京，争取到 2500 万元的抗灾基地建设资金；他三下基层调查研究，提出了因地制宜设立三个经济开发区的设想并付诸实施；经他争取，由三方投资 660 万元的朗久地热电站正式发电，狮泉河这个千年古镇第一次用上了明亮的电灯。

晚上，灯光下的农牧民们舍不得睡觉，比夜明珠还亮的电灯开启了他们亮亮堂堂的生活。他们兴奋地唱呀跳呀。

天已经亮了，推开窗户，凉凉的空气扑面而来，孔书记，咱们聊了一夜，你该歇歇了。

李玉建说，孔书记像一支射出的箭，一直在阿里飞，停不下来，歇不下来。来阿里两年，他琢磨出了北联新疆、拓展边贸的“金点子”，用阿里畜牧业、矿产业、旅游资源的优势，换来滚滚财富，使这片30.5平方公里的土地富裕起来。他有些急不可耐，要到新疆考察，但没想到令人痛惜的意外发生了。

人们在料理孔书记的后事时，看到两件令人心碎的遗物：一是他仅有的8.6元钱，一是他的“绝笔”，是去世前写的关于发展阿里经济的12条建议。

人间永不结冰的水，只有一种，那就是泪水。

我跟李玉建投缘，2018年3月，他到岗巴担任社会稳定督导组组长，本可以住在县里的宾馆，但他来到了我家住，一住就是一个月。那个月，我真是感到幸福，就感觉孔书记也在参与我们的聊天。李玉建白天开会、督导工作，晚上我们就谈县里的情况，但更多的是谈孔书记。

李玉建讲到孔书记的后事，我俩又忍不住落泪。他说：“孔书记去世后是在乌鲁木齐殡仪馆火化的，当时我在现场，他身上覆盖着鲜红的党旗，我把他的脸盖上，然后用那个推车把他推到焚化炉前。炉门关闭了，我跪在地上大哭。骨灰盒是我抱出来的，大家商量，骨灰准备分三份安葬，一份在阿里，一份在拉萨，一份在聊城老家。商量的结果是，按山东人习惯要同一天下葬，入土为安。拉萨和聊城可以坐飞机回去，同一天安葬，但要到阿里最少一个星期的时间，这一份就放弃了。阿里烈士陵园那个墓是衣冠冢，也就是他用过的、穿过的衣物，我们放到里边……”

我对李玉建说，孔书记为啥那么忙急急忙忙要去新疆呢，等春暖花开了再去也不迟啊。李玉建说：“孔书记是着急啊，我记得在阿里地区经济发展战略研讨会上，他激动地说：‘群众祈求神灵，是把幸福寄托在来世上。我们共产党人就是要使群众今生今世过上幸福的生活。’他还说：‘阿里的贫穷，是我们的耻辱；率领群众致富，是我们的天职。’”

我说，孔书记是小跑着走完了自己的一生啊！

第九章

念想／有人记得，他就永远活着

岗巴有两座昂首天外的雪山，

一座是确姆约钦，一座是康钦甲布。

人说，这是身上披满哈达的孔繁森和阿旺曲尼。

1

我穿着那件和当年孔书记一样的灰色中山装，给岗巴学校里的孩子们讲，给日喀则中、小学的孩子们讲。

孔书记走了，也挖走了我的一块“心”。

我，阿旺曲尼，生在西藏拉萨市堆龙德庆县东嘎乡一个世袭农奴的家里，何德何能，让我遇上他这样优秀的人。是他唤醒了我，让我有格局，有眼界。他教会我怎么做人做事，是他给我树起了前行的标杆。

你们不知道，农奴有“差巴”和“科巴”之分，差巴是土司直接属下的农奴，科巴则是土司赐予头人和寺庙的农奴，科巴的社会地位更为低下，其子孙亦世代为农奴。我出生自科巴之家，自幼丧母，记不清母亲长的是什么模样，是我心里看不见的伤疤。

痛苦的往事不愿提及，想起来心里就隐隐作痛。

1959 年以前，西藏百万农奴都在被剥削、压迫的牢笼里挣扎，农奴们唱的歌谣是：“即使雪山变成酥油，也是被领主占有；就是河水变成牛奶，我们也喝不上一口。”领主是官家、贵族和寺院上层僧侣，他们是头人，是吃人不吐骨头的恶魔。

我一家5口都是科巴奴隶，阿爸给头人放马，阿妈背着妹妹给头人洗衣、挑水。在我4岁的时候，阿妈死了。我5岁开始给头人家放羊，有时还要做头人少爷上马时的“台阶”，全家人劳累一天，只能换得一点点糌粑。我的衣裳是两块布片，一年四季披在身上，从来没有穿过鞋子，到了冬天脚上一条条口子渗血。阿爸把一块乞求来的羊肥肉用火烧了在我脚上的血口子上擦，擦剩的肉渣再塞到我的嘴里。真香啊，这是我吃到的人间最好吃的东西。

有一年夏天，我放羊饿昏在了山坡上，那些羊过来舔我的脚，把我舔醒了。头人看到了，用鞭子抽我，问我为什么他的羊会给一个臭奴隶舔脚，用的什么魔法。我怎么能够知道？头人又狠狠地把我往死里抽打，还喊着要把我沉河。头人的管家说，汗里有盐，羊爱吃盐，人脚出的汗里有盐。我这才幸免一死。

我终日吃不上喝不上还吓得胆战心惊，每天夜里都从噩梦中惊醒。为了让我活命，阿爸把我送到了哲蚌寺当了打杂的小和尚。

直到1959年，西藏废除了黑暗的封建农奴制，世世代代的奴隶被解放了，地契和卖身契被烧了，我们终于获得了自由。从这一天起，奴隶们不会被夺走人皮和胫骨，做礼赞吃人旧社会的“法器”；不会被夺走新娘子的初夜权，作为老爷们解闷的“福利”；不会被夺走儿女，成了随意被作践的“下人”；不会被夺走劳动果实，供养脑满肠肥的“贵族”；不会被夺走明天和希望，被打入万劫不复的地狱……

我走出了寺院，给生产队放羊。原来，天空是那么好看，云彩是那么漂亮，山是那么高大，地是那么辽阔，格桑花是那么美丽，甩着羊鞭大口呼吸着，空气也是那么地温柔、甜蜜。

我在放羊的路上看到了一个军营，军营里的旗杆上有一面鲜红的旗帜，在蓝天白云里飘，把雪山都映红了，那么好看、耐看，天天看也看不够。有一天一位穿绿色军衣、戴着红色领章帽徽的小战士走过来，给我敬了个礼，可把我吓坏了。这个敬礼我怎么能受得起呀，世上竟然有这样好的军队，这么好的兵。

他给我说话，我听不懂，他指着胸前的像章告诉我，这个人叫毛主席，那飘动的红旗叫五星红旗，这是我最早学会的两个汉语单词。后来，我参加了公社的汉语培训班，回想那个“敬礼”，浑身有用不完的劲儿，拼命地学，成了班里汉语说得最流利的学生，毕业被安排到县里广播站当了广播员。再后来，我被推荐到西藏民族学院上了大学。

在收到入学通知书的那天晚上，在梦里我看见了阿妈。阿妈有一双明亮的大眼睛，眉毛黝黑细长，眼角上有淡淡的鱼尾纹，洁白的牙齿，额头上挽着一条镶入蓝色布条的长辫子，可她的面容为什么那么憔悴？她的眼里为什么含着泪水？我大声喊着阿妈，扑入她的怀里，她的泪水滴在我的头上、脸上。我把入学通知书给她看，我说我是全公社第一个被推荐上大学的人啊。她看着我，笑了，笑容像早上天上的云霞一样漂亮。可是，阿妈始终一言不发，我读不懂阿妈的眼泪和笑容。我经常猜测，阿妈是不是在告诉我泪中有笑、苦尽甘来？是不是在告诉我，要珍惜学习机会，报答知遇之恩？

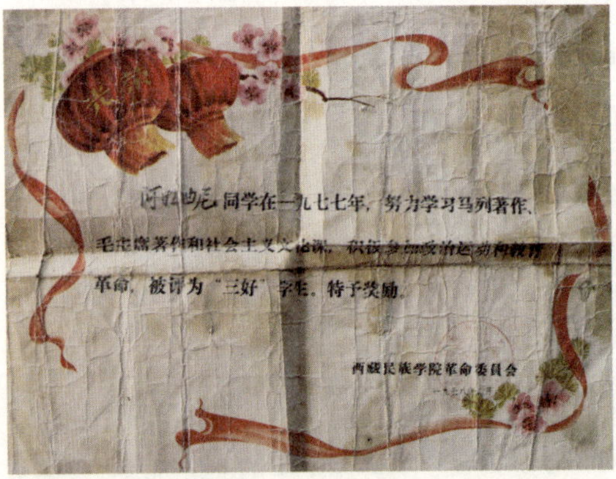

阿旺曲尼获“三好学生”的奖状

是呀，一个小农奴摇身成了大学生，是共产党把我从地狱拉进了天堂。

我许多藏族同学也是这个想法，我们天天唱，尽情地唱……

学校给我打开了一个崭新的世界，我知道了，是中国共产党让灾难深重的、像我一样的穷人有了依靠。是共产党把我拉出了苦海，改变了我当牛做马就是不被当人的悲惨命运，有了人格和尊严。我要像黄雀一样衔环报恩，报答党的恩情。我向学校申请，把我分配到最艰苦、最需要人的地方。岗巴是日喀则最高、最穷、最偏远的县，我成了岗巴县一名政府工作人员。

我在岗巴，孔繁森来了，他有着菩萨一样的心肠，没有一点儿官架子。他领着我“为人民服务”，他告诉我受用了一辈子的两句话：

“做人要做一个有用的人，还要做一个有用的好人。”

“一个人爱的最高境界是爱别人，一个共产党员爱的最高境界是爱人民。”

我悟到，这就是给党谢恩。他在岗巴 3 年，我是他的藏语翻译，陪他跑遍了全县的乡村牧区，每到一地就访贫问苦，和群众一起收割、打场、挖泥塘，他的全副身心都融入了岗巴。

他通过言传身教，培养起我的学习习惯，让我受益终生。他还教我具体的工作方法，比如，有一段时间我手头的事情特别多，总感觉时间不够用，哪一件都很重要，哪一件都放不下，哪一件都要赶快做。我很着急，手忙脚乱。我就写信给孔书记，他提醒我：“先把手头最要紧的事情做完，如果需要，不妨列出任务清单，并根据紧急程度和重要性对它们进行排序，这样可以更清晰地安排你的流程，工作也就从容了。”我试着这样做了，一大堆事情真的就有了眉目。“先把眼前的事情做好”这句话，真的很管用。

我踏着他的脚印走，但我的智慧、学识和行动总是撵不上他，我只能学着他走，跟着他走，甚至是小跑。走着，他回山东了；走着，他到了拉萨；走着，他去了阿里；走着，他把自己的命都献了出去。当年他来藏前立下“是七尺男儿，生能舍己；作千秋鬼雄，死不还家”，我也要像他一样，“生在堆龙德庆，死在天边岗巴”。

人一生中有些记忆永远也忘不了，我看到他的感人瞬间太多，太多了：他为岗巴贫穷农牧民落下的泪水；查筑水塘工地上满背的鲜血；收割青稞磨出

阿旺曲尼给孩子们讲红色故事（桑旦次仁 摄）

的满手血泡；口对口吸痰救活小仁青的命；在查果拉哨上长跪不起；雪山探“宝”后的痛苦折磨；给农牧民治病累倒在地；跪求瞎眼莫拉收下他的钱物；他雪中遇险昏迷不醒，藏族兄弟雪夜相救。还有，他在拉萨收养的两个孤儿，在阿里写下的“遗书”，殉职时仅有8.6元的遗产……

我不可能像他一样高大，但我相信自己，只要找准自己的位置，同样可以像他一样，做一个有用的人，拥有一个有价值的人生……孩子们，过去的一切都是构建未来的基石，一块一块的石头垒起来，也能垒得和珠穆朗玛一样高……

上面这些话是我讲给孩子们听的。

我穿着那件和当年孔书记一样的灰色中山装，给岗巴学校里的孩子们讲，给日喀则中、小学的孩子们讲。不需要讲稿，我跟孩子们讲，讲我的过去，讲我和孔书记的故事，讲着讲着眼泪就流了下来，擦都擦不干。孩子们流泪，老师们也流泪。一场接一场，场场有泪光。我想抑制着泪水，可有时候眼泪是不听话的。

后来，我又到政府机关、乡镇农村、田间地头、高山牧场、家庭院落、寺庙僧舍给他们讲，也讲得大家眼泪汪汪。

那天我正站在日喀则市中学的讲台上为同学们演讲，是主题为“日喀则市社会主义核心价值观‘进学校、进课堂、进学生头脑’”的爱国主义专题教育活动。我以自己的现身说法，以新旧西藏的对比拉开演讲的序幕，接着讲孔书记的故事。县委宣传部的其梅让人找我，说山东省孔繁森同志纪念馆馆长高杉带队来到了日喀则。

我匆匆讲完，赶紧去接待孔书记家乡的人。我跟高杉他们回忆并口述了自己当孔繁森藏语翻译三年时间的点点滴滴。我作为当年的历史见证人和亲历者之一，随孔繁森同志纪念馆《口述孔繁森》摄制组，在孔书记当年办公的岗巴、昌龙、查筑水塘讲述了孔书记的故事。我还送给他们一袋岗巴生产的青稞，这袋青稞最后放置在聊城的孔繁森同志纪念馆里。2016 年 5 月 3 日，返程的高杉馆长给我发来一条手机短信：

> 在您的关心指导下，我们圆满完成了“赴藏重走繁森路”的工作任务，获得了超过预期的访谈成果，现在已回到工作岗位，谢谢您在这期间给予的全力帮助！
>
> 您的支持将成为我们成功的保障，也成为做好下一步工作的动力，我们将珍惜繁森之缘，高原之谊，在弘扬英模文化的事业中继续努力，再创新绩。
>
> 诚挚欢迎您携同事亲友来聊城参观做客！
>
> 孔繁森同志纪念馆　高杉
>
> 2016 年 5 月 3 日

孔书记，我1994年之后从贡巴楼乡到县人大，再到县工会、统战部，从主任、主席到部长，不管到了哪个岗位，我都学着你的样子，沉到乡村，沉到农牧民家里，一看房，二看粮，三看劳动能力强不强，四看家中有没有读书郎，让他们掏出心窝子里的话，把他们的“急难愁盼”“放在心上、拿在手上”，与有关部门“对症下药、精准滴灌、靶向治疗”。

孔书记，你看好的岗巴羊，成就了努穷的肉联厂和全县屠宰户联盟，日喀则市已经建起了以岗巴县为核心产区的“岗巴羊经济圈”，岗巴羊身价倍增，成了“金羊银羊”。你听听岗巴农牧民的顺口溜吧：“百亩草场百头羊，又买车来又盖房；科学放牧增效益，岗巴羊肉美名扬。”

2020年岗巴县城新貌

孔书记，你去过的曲登尼玛的雪山、冰川、寺院已成为旅游热点，自然景观与历史人文互为辉映，吸引来自五湖四海成千上万的游人，他们在这里感受岗巴之奇、之美。还有，岗巴的青稞酒、酥油、“岗巴冲”也成了一棵棵的“摇钱树”。

孔书记，你看好的岗巴“神水”也已经深度开发，曲登尼玛矿泉水公司生产的矿泉水走向日喀则，走向西藏，走向了全国。

孔书记，你若能再来岗巴看一眼就好了，过去农牧民出门就爬山，交通工具靠马和双腿，如今的柏油马路四通八达，几乎家家有了小汽车，从一周看两场电影到家家有电视、人人有手机。

孔书记，我有时问自己，“生在堆龙德庆，死在天边岗巴”，不是在这里等死，要不断地干事，我退休后联合老同事们成立了义务联防队，公共治安、卫生、交通、家庭矛盾等都在我们的“管理”范围内，这一管就是16年。

孔书记，我有时还当藏语翻译呢，县城街上有个汉族人开的药店，一有闲暇我就去当翻译，碰到有人没钱买药，我马上垫付，店主对我这个“倒贴翻译”赞赏有加。我还是义务调解员，邻里闹矛盾我“调”，谁家婆媳不和我“解”，谁家夫妻闹离婚我说和，大家说我是调解千家事、温暖万人心的好人。我觉得排解忧难、化干戈，最后的落脚点还是在你推崇的那个“善”字上。

孔书记，我写信告诉过你，你离开岗巴后我娶妻生子，妻子叫尼玛，儿子次仁多吉、女儿贡吉。说实话，近40年过去了，我对这个家付出的不多，他们有满肚子的意见，意见也是观点，需要达成共识。今年藏历年前，我们开了个家庭会。妻子尼玛说，咱家房子为什么要盖在山上？成了岗巴县城海拔最高的家。我说盖房子不能占好地，更不能成为路障，孔书记在的话他也会选在山上。女儿贡吉说我，除了演讲时的那件中山装没有补丁，其他衣服缝了又缝、补了又补，舍不得扔，生病也咬牙坚持，不到万不得已绝不看医生，这是不是太“抠门”了？我说，人有吃有穿不挨冻就够好了，想想旧西藏，我们已进了福囤里啦，你们见过当年孔书记的衬衣吗，横竖七八个补丁呢。儿子次仁多吉说，你前些年在岗巴也算个的官儿，可咱家过的日子还不如农牧民。我说，这就对了，当官是给人民当服务员，人民是衣食父母，官员是人民的儿女，如果儿子吃好的、喝好的、住好的，不管老子，那是“不孝”，是昏官、贪官。那

阿旺曲尼接受采访。采访中，阿旺曲尼说，他始终以孔繁森为榜样，坚守岗巴，继承孔繁森的理想、信念，发扬老西藏精神（孔繁森精神）（杨国莹　摄）

些落马的“小腐败”“大腐败”“软腐败”“硬腐败”，他们像魔鬼一样狂吸人民的血汗钱，金钱成队，美女成群，挥金如土，卖官鬻爵，骄奢淫逸。若是孔书记见到他们，会气愤至极，会骂他们是民族的败类，会扇他们的耳光子。

孔书记，我 2018 年 6 月入选“中国好人榜”啦。说实在的，这荣誉太大，我这个旧西藏的小农奴，多亏你领着我、引着我、带着我，才拿到了这个新时代的国家级荣誉，于心不安呀。

孔书记，你知道我过去有胃病，我一直没当回事，最近疼得受不了，只好到医院去诊治，竟然查出了肝癌和尿毒症。生老病死，自然规律，谁也无法抗拒，内疚的是，我觉得你让我做的事还没做好、做完，你会批评我。

我不想躺在医院里等死，您教会我，做事就是最好的良药。

2/

在村道上，我低头寻找，寻找孔书记当年的脚印，哪怕有一个是他的脚印，我都想趴下去亲一口。

我知道留给我的时间已经不多了，但有一个心愿未了，当年孔书记离开岗巴时，我答应要到他的故乡去看他，后来他去世了，我更想去看看。当时日喀则市委宣传部副部长田世新跟日喀则市委领导汇报了我的想法，得到批准。

2018 年国庆前夕，田世新、李玉建陪我和我老伴尼玛去了山东，飞机降落在遥墙国际机场，我们急切地乘车直奔聊城东昌府区堂邑镇五里墩村。乘车行在乡村公路上，窗外是平展展的田野，飘来玉米、谷子、大豆的清香，我仿佛闻到青藏高原上青稞成熟时的气息，也仿佛看到孔书记手握镰刀收割青稞时，满脸的热汗。

进得村来，遇见了 73 岁的孔祥印，我说我是从西藏来看望兄长的阿旺曲尼，他一把拉住我的手说，听三叔多次提起过你。他领我们去孔书记故居。他说尽管他比孔书记小一岁，但按辈分得叫孔书记三叔，他已自愿给三叔看护故居22年了。

孔书记故居的小院干净又整洁，屋内仍保留了他和妻子儿女在村里时的样貌，板凳小桌在那里放着，锅碗瓢盆在那里摆着。我忽然看见了那个红柳的菜墩，心里咯噔一下，拿起来轻轻抚摸着，这个被孔书记当作艺术品的菜墩在岗巴陪了他3年。睹物思人，眼里不由涌出了泪水。

在村道上，我低头寻找，寻找孔书记当年的脚印，哪怕有一个是他的脚印，我都想趴下去亲一口。

在院中的老树下，孔祥印说起了他的三叔孔繁森。

五里墩是个600人的小村庄，全村都孔姓，是孔子的后裔。三叔的父亲叫孔庆会，是个老实巴交的农民，勤劳朴实，种了一辈子地。三叔有两个哥哥，他排行老三，爹娘和村里人都习惯叫他"小三儿"。

年少时的三叔是在困苦和饥饿中长大的，刚上学的那年春天，家里的粮食不够吃了，母亲总是想尽办法给三叔带上一块干粮，或是带上一个野菜团子去上学。每次吃饭时母亲都是自己少吃些也要给三叔留下一点儿干粮。三叔曾说，他长大了一定要让他娘吃上馒头、吃上肉。

三叔从小就佩服三个人：毛泽东，孔子，还有聊城妇孺皆知的武训。武训行乞38年，攒钱万贯，置地300亩，兴办3处义学，教育了无数穷家子弟。

三叔是个有志气的人，干什么什么行。1958年，14岁的三叔考上了堂邑农村中学，第二年还没读完农中，又以优异的成绩考入聊城地区技工学校；1961年夏天，部队到学校招生，他光荣入伍，1969年转业当了工人；1975年，他被任命为中共聊城地委宣传部副部长。

20世纪70年代末，五里墩因盐碱地多、好地少，穷得出了名，村里有50多个光棍娶不上媳妇，姑娘们也纷纷外嫁。三叔急了，他和村支书商量后，在那片不长庄稼的盐碱地里建起了一座砖厂，不到一年的工夫就收入四五万元。村里有钱了，三叔又建议统一规划盖新房，村集体给补贴，谁盖房就补给谁

25000 块砖。不到两年时间里，村里盖起了 84 座新砖房，还在砖厂旁挖土的大坑里，建起了 70 多亩的鱼塘。后来，村里又给每家每户都通了电，打了一口机井，从此村里人喝上了自来水。乡里乡外的姑娘开始争抢着往五里墩村嫁，光棍们全都娶上了媳妇。

三叔是一个“孝子”，每次回家总是为老母亲洗脚、剪指甲、梳头发，晚上和母亲拉家常到半夜，直到母亲说困了，他才去睡觉。他不仅对自己的母亲孝敬，还特别照顾村里的孤寡老人，村里一位无儿无女的孤寡老人常年有病，需要用红糖当药引子，他经常用自己的糖票为老人买红糖，回家探亲时也到老人家里探望，一直坚持了 20 多年，直到老人去世。不管他当兵、当工人，还是当干部，村里人有什么事都爱去找他，交不起学费的，看病的都找他帮忙。那年村里有个人给孩子办喜事没钱，他二话没说把家里卖棉花的钱全给了人家……三叔骨子里就是个百里挑一的大善人。

第二天上午，在聊城市区一条小巷的尽头，我去拜见老嫂子王庆芝。我见过她的照片，当年那满头黑发的贤淑容颜已变成眼前白发苍苍的慈祥面孔。她端详着我说：“你就是当年繁森天天挂在嘴上的阿旺？”

我点着头，把一条哈达给老嫂子戴上。

老嫂子的泪水夺眶而出：“我知道藏族的哈达是祝福的意思，可这哈达也拴在了繁森心上，拴得那么紧、那么结实，一直拴了八九年哪！”

阳光照进屋来，她直直地望着窗外，我想孔书记离开家的时候，她也会千百次地这样张望吧。

她说，繁森第一次要求进藏时，她和孩子、公婆都在五里墩村，那年婆婆 78 岁，公公 74 岁，孔静 7 岁，孔杰 6 岁，孔玲才 3 岁。繁森走后，家中的担子都压在了她的身上。她除了在生产队正常出工外，还种着 6 口人的 1 亩半自留地，翻地、上粪、刨地瓜、拔棉花柴，白天干不完就晚上干，3 个孩子提着灯笼哭哭啼啼跟着她满坡里转。她还喂了 2 头猪和 3 只羊，养大出栏后卖钱供孩子们上学。

她最高兴的事是收到孔书记的来信。她拿出一封珍藏了多年的信，那是1981年2月的一天，孔书记还没有休完假，就收到一封加急电报，匆匆踏上了返回西藏岗巴县的路程。回到岗巴县的两个月后，他给王庆芝写了一封信。

这是一封饱含深情的信——

庆芝：你好！

你写给我的信和寄来的毛衣都收到了，以后不织了，得花多少时间，买一件也就十几块钱。

又一次走进岗巴县的农牧区，又一次感慨万千，这里的农牧民生活依旧很艰难，苦难尽在眼前。这里真的太需要党的干部了。

假期没有到，我就走了，对不起你，你想怎么责备我就怎么责备我吧。作为一个男人，我想说的是，纵使儿女情长，但终究比不上那些更高层次的召唤，那就是党的召唤。

庆芝，你知道这么一句话吧？两情若是久长时，又岂在朝朝暮暮。

我所在的岗巴县，推窗就能看到远处的雪山，但却不是诗里面赞美的那个雪山，雪山下是非常贫穷的农牧区。岗巴很苦，但我们会以苦为乐。我们共产党人是要有点儿革命的乐观主义精神，记得毛主席曾经说过，我们的同志在困难的时候，要看到成绩，要看到光明，要提高我们的勇气。你说对吗？

哪个家庭没有困难，哪个人在生活中没有片刻的沮丧。但是天空的阴云不会长久地笼罩在上空，它终究有散去的一天。

孩子们渐渐长大了，家庭教育是不可忽视的一个环节。在家里，我们要给孩子们做好表率，让他们懂得待人接物的礼貌，从小养成孝亲敬老的习惯，感念父母的养育之恩、感念长辈的关爱之情，养成孝顺父母、尊敬师长、孝老助老的良好品质。

我不在你身边，不能为你遮风挡雨，但我会为你、为双亲、为儿女们祝福。

援藏，注定了我欠老人的，欠你的，欠孩子们的。

红枣收到了，给县食堂留了一些，一部分让昌龙的老百姓尝尝鲜，一部分给了驻守岗巴的二营指战员们，他们都说我们聊城的大枣很甜。真的。

孔繁森

1981年4月20日

读着信，我鼻子发酸，对她说，你寄去的干菜，孔书记分送给了西藏的农牧民和查果拉哨所的战士们，你织的毛衣、做的鞋，他都给了昌龙贫困的老人和孩子了。

她说，没啥，这是用到了该用的地方。你知道当时最怕的是什么？是邮费，一包东西寄到西藏要七八块钱，有时晒好了干菜因没有邮寄的钱就得等着，一年下来，光邮费就要花一只羊的钱。

1981年夏天，繁森援藏期满返回内地，我们一家人看着他那又黑又瘦的样子，禁不住责问他。他却笑笑说："我这个样子很好啊，黑是健康，瘦是骨头硬嘛。"他隔这么长时间回家，孩子们以为他肯定会带些好吃的东西回来，不料从他的行李里只翻出了他的铺盖、几件衣服、一摞笔记本和一个菜墩。

1988年，繁森对她说，组织上又安排他进藏了。她哭了，她除了哭还能说什么呢？她知道他既重孝道又重责任，可自古忠孝不能两全，她再一次擦干了眼泪，为他收拾行李。

繁森第二次进藏后，无论来信还是电话，千篇一律地还是那句话："庆芝，我这儿一切都好，别挂念，替我照顾好老人，教育好孩子。”他自己在那里受的苦呀累呀，从来没有讲过。本指望他第二次进藏期满能够回到我和孩子的身边，可是繁森又选择了比岗巴条件更为艰苦、恶劣的阿里。

1994 年 6 月，93 岁的婆婆重病告急，繁森才急匆匆赶回老家。婆婆病情好转后，大女儿孔静提出，趁爸爸在家举行婚礼，可是繁森接到一个电话，又匆忙回阿里了。孔静结婚那天哭着对妈妈说，这哪是一个当爸爸的做的事。

1994 年 11 月 29 日，是繁森在新疆出事的那一天，半夜里婆婆的喊声把大哥（孔繁森的哥哥孔繁华）大嫂惊醒，他们来到婆婆床前，婆婆说，你们快开灯啊，小三回来了。大哥拉开电灯，婆婆又喊，小三你怎么往家后（指家里的祖坟）走哇，快回来，快回来呀，娘给你擀面条做炝锅面去……可能母子之间有一种心灵的感应吧。

1994 年 12 月 1 日，省里的领导来到了孔书记家里，告诉王庆芝孔书记殉职的事实。她愣了，呆了，昏迷了，醒来后第一句话是：“你再干啊，再干啊，叫你逞能！有本事你别回来！”

老嫂子王庆芝说着她的丈夫，那么动情，那么入神，仿佛周边的一切都不存在了。

她说那么多年过去了，她一直觉得他没有走，他就在她的身边，从村里到城里，从书里到歌里，都有他的影子。他在聊城又安了个家，安到了孔繁森纪念馆。

纪念馆就坐落在东昌湖畔，那里碧波荡漾、风光秀丽。我带着无比崇敬的心情，重温孔书记一生的历史，就像岗巴的雪山、岗巴的草原，多么熟悉和遥远。纪念馆就像是一面橱窗，太多的岁月迎面撞击着人们的心房。

我来到纪念馆的展厅里，看到一幅雕塑，孔书记躺在担架上，几个藏族汉子抬着他往医院奔。抬担架的人里有一个是我，不过当时抬的不是担架，是亚欧村乡亲们家里的门板，我们 8 个人轮番抬着门板，大雪夜里走了 60 里路，把他抬到了岗巴县医院。

我看到了孔书记用过的药箱、听诊器，脑子里又浮现出风雪中他给农牧民诊病治病的情景，他看着病人呻吟，急得满脸汗水，他看到病人转轻见好，脸上的笑容又那么明亮和愉快。

让我震撼的还有孔书记的 36 本笔记本，近百万字，是他在雪域高原上的心血凝结，他在酥油灯下，在农牧民家，在马背上，写呀画呀。

正值国庆，那么多的人来到纪念馆。孔书记，他们是来看你的，他们是怀着对你崇敬之心、感念之情、传承之志来的，不然，留言簿上不会写下那么多的肺腑之言：“我来到了这里，阅读了解您的不朽事迹，内心十分敬佩，热泪盈眶。‘一个人爱的最高境界是爱别人，一个共产党员的最高境界是爱人民’，您做到了！”“看到爷爷这么了不起的一生，爷爷的精神永远激励我们好好学

孔繁森每次下乡前都用自己的工资购买药品，装满小药箱。无论他走到哪里都随身携带小药箱，在工作之余为前来看病的农牧民听诊、把脉、发药、针灸

习，以永不懈怠的精神状态和一往无前的奋斗姿态，朝着自己的目标奋勇前进。”“我是一名来自广西的女孩，现在是一名预备党员。今天听讲解员讲述了您的伟大事迹，很敬佩您，您是我心中的榜样，我向您学习，将来也成为一名全心全意为人民服务的好党员。”……

纪念馆让我向观众们讲我们的故事，我的思绪又回到了当年的岗巴，我讲孔书记“缺氧不缺精神，艰苦不怕吃苦，海拔高境界更高”的精神，说着说着我泪流满面，听的人也个个泪眼蒙眬……孔书记，你墓碑上的碑铭是你一生真实的写照：“一尘不染两袖清风，视名利安危淡似狮泉河水，二离桑梓独恋雪域，置民族事业重如冈底斯山。”

是的，岗巴是孔书记的“家”，他在拉萨和阿里也有“家”。

只要“家”还在，根就在。

我永远记得孔书记说的“两个听不得”（听不得别人说山东不好，说西藏不好）、两个见不得（见不得别人有难处，见不得别人流眼泪）。

孔书记他活着，活在岗巴，活在西藏人民的心里，活在好心人的心里。

他永远是我们的楷模。

编后记

本书是一部深情回忆与真实记录交织的长篇报告文学，通过孔繁森在西藏的第一任秘书、翻译兼警卫阿旺曲尼的回忆，讲述了35岁的孔繁森第一次援藏，在海拔4700米的岗巴县艰辛工作的经历，展示了他与藏族同胞同甘共苦、相濡以沫、共克时艰的大爱情怀。本书不仅展现了孔繁森首次入藏许多鲜为人知的故事，还对作为中国共产党精神谱系之一的“老西藏精神（孔繁森精神）”进行了形象化阐释。

2024年是全国对口援藏30周年，也是新中国“最美奋斗者”、领导干部的楷模孔繁森同志因公殉职30周年。在这个时间节点出版这部作品，意义不同寻常。它不仅是一部从藏族同胞的视角反映孔繁森精神的报告文学，也是一部藏族干部的精神成长史，更是一首中华各民族交往交流交融历史背景下藏汉一家亲的赞歌，既有历史意义又有时代特色。

20世纪90年代中后期，孔繁森的名字响彻祖国大地，他的事迹借助影视剧、各类书籍传遍华夏大地，感动、鼓舞人心，但是孔繁森第一次援藏时，在岗巴的故事却知之者甚希。我们了解到，藏族干部阿旺曲尼作为秘书、翻译兼警卫，与孔繁森在岗巴朝夕相处。孔繁森殉职后，他学习孔繁森，义务宣传孔繁森精神，发出了“生在堆龙德庆，死要死在岗巴”的人生诺言。2018年他被评为中国好人榜助人为乐好人。

杨国莹同志2010年6月至2013年6月援藏，担任山东第六批援藏干部中心管理组党委副书记、副领队、日喀则地委组织部副部长。他了解了孔繁森和阿旺曲尼的故事，很受感动，提出可否通过阿旺曲尼深入挖掘孔繁森的故事，从藏族人的视角看孔繁森、写孔繁森，以报告文学的形式促进各民族交往交流交融。作为一次尝试，我们组成了创作团队，赴西藏拉萨、日喀则、岗巴等地实地采访，用心、用情、用力贴近孔繁森和阿旺曲尼。他们翻阅了阿旺曲尼大量的读书笔记、讲话稿、个人总结、演讲视频、新闻报道等，了解阿旺曲尼的生活习惯和处事风格。阿旺曲尼的老同事，原在日喀则市委精神文明办公室主任、现任市审计局党委书记的田世新全力配合。接着，他们采访了阿旺曲尼的同事次旦、多杰布、单桑等，还特别采访了孔繁森在阿里时的秘书李玉建。创作团队在岗巴还与阿旺曲尼的妻子尼玛、儿子次仁多吉、女儿公吉进行长谈，并实地察看了孔繁森和阿旺曲尼工作、生活的地方，寻访了孔繁森主持修建的查筑水塘，还在岗巴县昌龙乡采访了与孔繁森结下深厚友谊的原昌龙公社书记格热的女儿确吉……孔繁森和阿旺曲尼的故事，深深地打动了创作团队。

采访结束后，团队成员认真讨论作品主题、结构、角度、语言风格等呈现方式。由杨润勤负责写出初稿，逄春阶、杨国莹负责修改、统筹，田霁春也参与了资料搜集和创作。他们不搞资料堆砌，不搞事迹罗列，反复提炼、挖掘、整合，力求细节接地气、情节冒热气、故事有烟火气，做到文字有温度、有筋骨。编辑团队与作者团队一直保持沟通，不断提出修改建议，核实订正历史事实。先后五易其稿，这部沉甸甸的“文学报告”才告完成。

用藏族同胞阿旺曲尼之“口”塑造真实的孔繁森形象，这是一次新探索。阿旺曲尼是践行孔繁森精神的楷模。楷模“说”楷模，自然成了两个心灵纯洁得透明的人的隔空对话。见贤思齐，在编创过程中，我们的心灵也变得清澈了，设身处地走进了孔繁森和阿旺曲尼的心里，仿佛也在跟他们一起隔空对话，一起生活。

经山东教育出版社、西藏人民出版社两家出版社的领导协商，一致同意联合出版此书，分别为汉语版和藏语版。

在本书即将付梓之时，我们要感谢西藏自治区党委宣传部何瑞副部长对此书的关心和支持，感谢日喀则地委宣传部、岗巴县人民政府、岗巴县地方志编纂委员会、山东省第十批援藏干部中心组领导和援藏干部们的大力帮助，感谢西藏人民出版社余翔社长、温建龙副总编辑、王海涛副总编辑的辛勤付出。

书中所有图片除注明图片来源的以外，皆由岗巴县人民政府、岗巴县地方志编纂委员会、孔繁森同志纪念馆提供，深表感谢。

“缺氧不缺精神、艰苦不怕吃苦、海拔高境界更高。”这是习近平总书记概括的老西藏精神。让温暖的故事流传四方，让英雄的身影站在我们的心头，让老西藏精神（孔繁森精神）发光发热。我们一起努力！

本书编辑组

2024 年 4 月

谨以此书致敬全国对口支援西藏 30 周年

དཔེ་དེབ་འདི་རྒྱལ་ཡོངས་ཀྱི་ཁ་གཏད་བོད་སྐྱོར་ལོ་ངོ་༣༠འཁོར་བར་ལེགས་སྐྱེས་སུ་ཕུལ།